ILUSÕES PESADAS

A marca FSC é a garantia de que a madeira utilizada na fabricação do papel deste livro provém de florestas que foram gerenciadas de maneira ambientalmente correta, socialmente justa e economicamente viável, além de outras fontes de origem controlada.

SACHA SPERLING

Ilusões pesadas

Romance

Tradução
Reinaldo Moraes

COMPANHIA DAS LETRAS

Grafia atualizada segundo o Acordo Ortográfico da Língua Portuguesa de 1990, que entrou em vigor no Brasil em 2009.

Título original
Mes illusions donnent sur la cour: roman

Capa
Luciana Facchini

Foto de capa
Simon Beckett/ Wildcard/ LatinStock

Preparação
Otávio Marques da Costa

Revisão
Luciane Helena Gomide
Camila Saraiva

Dados Internacionais de Catalogação na Publicação (CIP)
(Câmara Brasileira do Livro, SP, Brasil)

Sperling, Sacha
Ilusões pesadas / Sacha Sperling ; tradução : Reinaldo Moraes — São Paulo : Companhia das Letras, 2011.

Título original: Mes illusions donnent sur la cour : roman
ISBN 978-85-359-1819-9

1. Ficção francesa I. Título.

11-01141 CDD-843

Índice para catálogo sistemático:
1. Ficção : Literatura francesa 843

[2011]

EDITORA SCHWARCZ LTDA.
Rua Bandeira Paulista, 702, cj. 32
04532-002 — São Paulo — SP
Telefone (11) 3707-3500
Fax (11) 3707-3501
www.companhiadasletras.com.br

ILUSÕES PESADAS

Eu não tinha nenhuma ideia da melancolia que um céu de fim de verão podia me inspirar, por mais azul que fosse.

O silêncio é pesado demais quando a gente espera por alguém sabendo que não virá, não mesmo.

O interfone toca. Digo qual é o andar, me perguntando se é possível que ele tenha esquecido. Escuto o elevador. Abro pra ele, observo a figura, me lembro de tudo, e me arrependo. Ele pede desculpas pelo atraso. Ele não me olha. Ele me pede uma coca, eu digo que tenho light. Ele vai até a cozinha e me responde que ele sabe. Ele morde e larga uma maçã. Não dizemos mais nada. Quando ele propõe que a gente suba para o meu quarto, a maçã já está oxidada. Na minha cama, ele finge ver televisão. Ele me fala das férias dele, me faz perguntas sobre as minhas, sem escutar as respostas. Ele me beija, eu recuo. Eu digo: "Só espero que...". É difícil achar as palavras quando a gente não tem mais o que dizer. Tento de novo: "Não sou uma boneca inflável, sabia?".

Ele não responde. Eu pergunto: "Você me ama?". Ele olha para o teto e, com voz calma, diz: "O que você acha?". Preciso relaxar. Me tornar hermético. Vou descendo pela barriga dele. Abaixo sua cueca. Virar autômato. Fecho os olhos. Ele vê tudo, não diz nada. Eu me recomponho. Acho que ele gozou em algum lugar. Peço um cigarro, ele me passa, saiu barato pra ele. Ele se levanta. Ele tem que "se mandar". Ele me pergunta se eu quero "uma bituca pra mais tarde". Ele não poderia me humilhar mais. Ele não sente remorso. Ele me diz adeus do mesmo jeito que disse bom-dia, sem olhar pra mim. Meu quarto cheira a tabaco frio. Permaneço de pé um tempão. Tem horas que eu gostaria de poder chorar. Só um pouquinho. Não. O coração apagou. No entanto, eu o cutuco. Apagado. "A única coisa insuportável é que nada é insuportável."

As aulas vão começar daqui a dois dias.

Se você me visse agora, falando com você, não veria nada. Nada de interessante.

Estou deitado na grama, entre uma macieira e um arbusto. Há uma casa toda de ardósia ao meu lado. Um gato cinzento corre perseguindo um rato invisível. Não há nada de atraente na paisagem, além do silêncio. Esse silêncio do campo, triste, medíocre, que torna todas as coisas um tanto graves e sinistras. Não tem mais nada que lhe interesse nesse quadro, você vai se concentrar em mim. Por ora, não há mais nada pra ver. Eu ainda estou de calção de banho, eu ainda não tenho pelos, ainda puro, ainda virgem. Você não me daria a idade que eu tenho. A minha idade, de todo jeito, eu me empenho em perdê-la. Devo admitir que observar um garoto deitado na grama, sem fazer nada, é um pouco chato. Então, afaste-se um pouco, ou chegue mais perto. Aproxime-se de mim. Close na minha cara. Close fechado nos meus olhos. Dá pra ver essa tensão no meu olhar, essa impaciência? É como se eu tivesse no cérebro, no corpo, até mesmo no coração, talvez, uma bomba-relógio. Você começa a ouvir os tiques e os taques, e isso o oprime. Em poucos segundos, ou em poucos dias, eu vou explodir, e você verá o que sobrou de mim, os destroços se espalhando pelo asfalto, pela areia, ou pelo seu assoalho. Somos milhões com uma bomba-relógio dentro de nós.

Você sem dúvida esqueceu, mas, como eu, você um dia teve consciência do seu tédio, e, nesse instante, ele se tornou insuportável.

Como eu, você olhou um dia para o céu, na aurora do crepúsculo, perguntando-se por que as estrelas não apareciam.

Como eu, você compreendeu que sua vida iria começar à sua revelia.

Porque, como eu, você já teve catorze anos.

O trem sai da estação de Lisieux e começa a chover. Olho pela janela, a água se espatifando contra a vidraça, e a paisagem fica parecida com um quadro deteriorado. As poltronas de tecido sintético cheiram a lágrimas, lembranças e decepção. Um homem ao meu lado come uma pera mirando o vazio. Que história de amor ele terá deixado na praia? Que aroma de sorvete? Que fator de proteção solar?

E o que foi que eu deixei pra trás? Um verão que termina rápido e só deixa meia saudade. Um verão de fantasmas, no meu quarto, tarde da noite, naquela hora em que ninguém é capaz de avaliar os sonhos estúpidos dos adolescentes.

O trem se manda direto pra Paris. Digo direto por convenção, pois a rota que me leva à capital é cheia de meandros, de curvas perigosas, e de *dead ends*.

O homem ao meu lado gruda o olho em mim agora, e, como me sinto incomodado, começo a vasculhar minha mochila. Minha mãe lê uma revista. Acho o caderno de anotações que ela me deu. Um caderninho preto, de couro, um tanto rígido.

Ela me deu isso, sem eu saber por quê, quando a gente rodava sem destino ao longo da avenida Cienega, na hora em que o sol gigantesco e alaranjado se refletia nas lentes de seus óculos escuros. Sem tirar os olhos da pista, ela me disse que havia começado a escrever num caderninho desse tipo quando tinha mais ou menos a minha idade. Ela me presenteia com esses caderninhos todos os anos. Nunca me ocorreu nada que valesse a pena escrever neles.

No vagão, o ar-condicionado continua ligado, embora não esteja mais fazendo calor.

"Sacha, vai pegar um café pra mim, por favor, vai? Tô congelando aqui", diz minha mãe, que volta a ler um artigo na *Elle* sobre a excisão na África.

O jogo do trem me faz ir gingando até o bar. Um casal se beija diante da chuva que bate nas vidraças. Um velho limpa seus óculos diante de uma garrafinha de vinho. Um pouco à frente, um cara de costas fuma um cigarro. Seu capuz lhe esconde metade do rosto. Ele bebe uma pepsi. Passo por trás dele pra ir ao balcão.

"Desculpe." O carinha do capuz se volta pra mim. Seus olhos são muito negros.

"Oi?" O trem bamboleia de novo e eu quase caio por cima dele.

Ele recomeça:

"Desculpe, você tem um euro? Queria comprar um sanduíche."

Ele dá um passo atrás e me olha de um jeito engraçado.

"Você não é o Sacha?"

Não consigo responder, ignoro por quê. Ele sorri pra mim.

"Eu sou o Augustin, a gente já se viu. Sou amigo da Jane, fui ao aniversário dela, no ano passado. Você tá na escola de Lorraine, né?"

Eu me lembraria dele se já o tivesse visto. Respondo: "É, na escola de Lorraine, e você?".

"Perto, na Montaigne."

Admiro as pessoas que conseguem sustentar o olhar, sou incapaz disso. Ofereço-lhe um euro.

"Legal, obrigado... Você tá vindo de onde, agora?"

Respondo, depois de fazer meu pedido: "De Deauville. Minha mãe tem uma casa perto de Deauville, no campo. E você?".

Ele acende outro cigarro antes de responder: "Meu pai também, pros lados de Lisieux".

Ele faz uma pausa e tira o capuz. Ele é moreno, cabelos muito escuros. Ele volta a falar: "Você também tá entrando no terceiro?".*

A garrafa de vinho do homem de óculos cai e derrama seu líquido no chão. Uma poça se espalha lentamente e o homem não reage. Respondo, de olho na mancha: "É, no terceiro...".

A garçonete me passa meu café. Eu digo: "Bom, então tá. Até mais...".

Apanho o copo descartável.

"Ainda falta uma boa horinha antes de chegar... Te espero aqui, se você quiser."

"O.k., vamos ver..."

No vagão de passageiros, minha mãe continua lendo. Não vou voltar ao bar. Prefiro ficar aqui, escutar um som, dormir, talvez. O homem sentado perto da janela começa a chorar. Ele funga de mansinho. Minha mãe, absorta em sua leitura, mostra-se indiferente ao homem que chora. Esse vagão é sinistro demais. Tenho sede. Vontade de tomar uma coca. Volto ao bar, que agora está completamente vazio. Quando eu era menor, tinha o costume de suplicar a minha mãe, por horas a fio, que ela me levasse a uma loja de brinquedos. Chegando lá, sentia vergonha. Me

* O terceiro é o último ano do *collège* francês, que equivale ao ensino fundamental II brasileiro. (N. T.)

comportava mal e não queria mais nada. Minha mãe ficava furiosa, claro. E, no entanto, eu morria de vontade de comprar um monte de coisas. A gente ia embora e eu desatava a chorar. Eu devia ter voltado logo ao bar. Queria que minha mãe adivinhasse meus desejos. Azar.

"Uma coca, por favor."

O trem freia, como alguém que segura o gozo. Não chove mais e meu celular tem cobertura. Ligo para a Rachel.

Rachel cospe o chiclete na sarjeta diante das vitrines do Bon Marché. Ela tem que comprar um par de tênis para o novo ano letivo. Ela me conta sobre as férias. Fico entediado. Na seção de bolsas, cruzamos com uma garota muito parecida com Gabrielle. Gabrielle foi mais ou menos minha namorada nesse verão. Ela tem casa em Deauville. Ela é bonita. Ela tem cabelos ondulados de dia e lisos à noite. A gente se encontrou na praia. Ela não era tão interessante, mas tinha uma bela voz grave. Ela cheirava a coco e Nutella. Um verdadeiro crepe! Uma noite, fazia calor na praia e a gente se deitou na areia. Ela vestia um jeans e um pulôver de cashemere, e me deu vontade de beijá-la. Ela tirou o pulôver. Suas mechas densas tinham colado em seus lábios rebocados de gloss sabor framboesa. Os cabelos dela grudavam em todo lugar, nos lábios, no peito, nos ombros, nas bochechas. Enfiei a mão por dentro da calcinha dela; daí, ela deu a entender que já estava bom assim e era hora de parar. Eu sabia que não iria vê-la de novo. Ao voltar pra casa, me masturbei pensando nela, e ponto final. Descartei Gabrielle ao ejacular.

Rachel acha um par de tênis All Star que a rigor é "cinza-pérola", mas que eu vejo como azul-marinho. Ela paga. "Eu que agradeço", diz o vendedor, embora a gente não tenha dito nada. Ao sair da loja, topo com um capuz cinza. É o garoto do trem. Sinto um frio na barriga e não sei por quê. Nenhuma ressonância lógica, nenhuma razão objetiva. Ele joga fora a bituca de cigarro. Ele sorri, calmo, como se tivesse previsto que ia me ver de novo. Ele diz: "Pô, realmente, você anda me seguindo!".

Ele me estende a mão, que eu aperto.

"O que você tá fazendo aqui?", pergunto.

"Eu? Vim comprar uns tênis", ele responde, mostrando sua sacola.

Rachel, de quem eu tinha esquecido, diz que ela também veio comprar tênis. Longo silêncio. Eu não tinha feito as apresentações.

"Rachel, este é o..."

Não lembro mais. Ele engata: "...Augustin".

Rachel solta um risinho e responde:

"Você não é amigo da Jane? Acho que já te vi".

Ele faz que sim. Conversamos um pouco e Rachel o convida a tomar alguma coisa com a gente.

Rachel me olha, acho que ela acha o Augustin bonito. Ele fala manso com ela, inclinando um pouco a cabeça de lado. Ele deve ter gostado dela, e ela não se dá conta disso. Ela não está acostumada a ser paquerada por caras como o Augustin. Fico de fora da conversa. Olho através da vidraça do café. O céu está cinzento e ameaçador. O ar pesado quer se livrar das últimas ondas de calor do verão. Augustin oferece um cigarro a Rachel. Ela aceita, e isso me surpreende. Há dois meses ela não fuma. Um casal se senta ao nosso lado. A garota chora. Eles devem estar terminando. Augustin e Rachel não prestam atenção neles. Devo ser o único a reparar naqueles desconhecidos às lágrimas. A garota, na verdade, ri, e isso me alivia. Rachel tem que voltar pra casa. Ela deixa seu número de telefone com Augustin antes de sair.

Eu e ele ficamos sozinhos ao lado do casal, que pede a conta. Isso não parece incomodar Augustin. Ele deve, mesmo, confiar no próprio taco. É o tipo de cara capaz de ficar calado durante uma hora sem se incomodar. Já eu me sinto obrigado a preencher os espaços, os silêncios. Eu digo alguma coisa pra ele, só por falar. Ele acha graça. Ele tira uma da minha cara, na boa. Ele começa a me explicar o que gosta na Rachel. Ela é bonita, ele acha, mas me parece que ele a despreza um pouco.

Depois de explicar que ele gosta das pernas de Rachel, ele me diz: "Mas, você sabe, o mais importante numa mina não é o cabelo, o corpo ou as pernas...".

Ele se interrompe, como se analisasse o que tinha acabado de dizer. Depois, com um ar distraído, continua: "O que conta são as atitudes...".

Ele faz uma segunda pausa, daí retoma pra concluir: "As atitudes não enganam".

Não entendo o que ele quer dizer. Estou quase certo de que não tem sentido. Não digo mais nada. Gainsbourg é o som ambiente. Não conheço essa canção. O ritmo é forte e eu só reconheço a voz:

Sur son coeur on lisait "personne",
*Sur son brat droite "raisonne"**

* Em seu coração se lia "ninguém"/ Em seu braço direito, "pensa bem". (N. T.)

Meu pai não vivia com a gente quando eu nasci. Minha mãe e ele haviam se conhecido quando os dois tinham dezessete anos.

Minha mãe tomava alguma coisa no café em frente ao liceu Jules Ferry. Meu pai acabara de ter um acidente de mobylette. Minha mãe saiu para ajudá-lo. Foi assim que eles se conheceram. Eles se puseram a tagarelar e minha mãe achou graça no sotaque do meu pai. Gosto de imaginar que foi amor à primeira vista com meus pais, isso me agrada.

Os cinco primeiros anos foram idílicos, pelo que eles me disseram. Minha mãe fugiu de casa para viver na casa do meu pai, e eles começaram a trabalhar juntos em bares e restaurantes, onde se revezavam atendendo nas mesas e na chapelaria. Os problemas começaram com o Maio de 68. Porque eles tinham vinte anos, porque o negócio era ser livre. Eu acho que meu pai foi o primeiro a se meter com outra mulher. Acho que minha mãe jurou jamais recriminá-lo por causa disso, mas reservou-se o direito de dar o troco. E foi assim que eles se amaram enquanto se traíam, ora um, ora outro, e foi assim que eles se odiaram sem admitir isso, reencon-

trando-se sem chorar. Eles eram livres e sentiam-se culpados, e era na luta que encontravam prazer. Cada nova história de um deles era como uma porrada desferida na história do outro. Eles brincavam de se meter medo. Eles fingiam se lixar pra tudo. O amor deles deveria permanecer o mais forte.

Eles só não contavam com Marianne.

Ela tinha vinte e quatro anos, e acho que despertava em meu pai os desejos ocultos da infância, da época em que ele e seus amigos espiavam a bela vizinha da casbá, de pele trigueira e cabelos negros. Meu pai não conseguiu resistir e, de resto, nada o segurava. Dessa vez, porém, minha mãe compreendeu que essa história iria durar. Meu pai não gosta de tomar decisões radicais, ele não gosta de ferir ninguém, e minha mãe nunca quis jogar nada na cara do meu pai. Alguns anos mais tarde nasciam minha meia-irmã Joséphine e meu meio-irmão Aurélien. Acho que, na época, a situação andava bem tensa entre minha mãe e Marianne, pois meu pai continuava indo e vindo entre as duas casas. Anos depois, minha mãe quis um filho. Não sei bem por que ela decidiu que meu pai seria meu pai. Por que ele tinha sido seu primeiro amor? Por que ele lhe devia isso? Em todo caso, seu filho, eu, ela teve com meu pai (lógico, mas essa história é complicada). Eu nunca cheguei a entender direito minha mãe, nem meu pai, aliás, nem essa história toda. Quando nasci, meu pai não vivia na minha casa. Nunca houve de fato um homem em casa. Meu pai fazia umas aparições às vezes, uns "happenings", aos domingos. Ele chegava, me punha no colo, minha mãe tirava fotos, depois ele ia embora, deixando de novo o apartamento vazio de homem.

Quando eu nasci, meu pai não estava dentro da minha vida, e, apesar de todos os seus esforços, jamais esteve.

"O terceiro ano é crucial. Responsabilidades suplementares lhes serão confiadas e um trabalho será exigido de todos. Isto, é claro, se vocês desejarem que tudo se passe da melhor maneira." É o que o senhor Melion nos disse no anfiteatro, logo no primeiro dia de aula. Eu não escuto mais os discursos dele. Não gosto de gente que se escuta falando. Os professores fazem isso o tempo todo. Estou na escola de Lorraine há dez anos. Nesta escola não se diz "maternal", e sim "JI", ou seja, jardim de infância. Não se diz CM1,* mas 8°. Não se diz "primário", e sim "ginasinho". Na minha escola há tantas associações humanitárias quanto mães ociosas. Você pode fazer de conta que está ajudando os cegos, os africanos, os sem-teto, as crianças, os velhos, os animais, a Terra. Você pode organizar um bazar de camisetas em prol das crianças com deficiências motoras, ou, se você não é muito ligado em crianças com deficiências motoras, um bazar de guloseimas destinado a enviar apostilas para uma escola no Laos. Na Lorraine

* CM1 é o curso médio 1, para crianças de dez anos. (N. T.)

você pode presenciar todas as manhãs uma terrível luta de classes. Na frente da grade da escola, de um lado, as mães do 6° *arrondissement* com suas bolsas Hermès marrom-claras, seus grandes óculos Chanel, seus jeans Zadig e Voltaire e seus casacos da Comptoir des Cotonniers, segurando numa das mãos o último número da *Marie-Claire*, na outra seu filho ou filha com suas sapatilhas, pois haverá aula de psicomotricidade (a psicomotricidade é uma disciplina que as crianças da escola de Lorraine devem praticar do maternal até o CE2* a fim de melhor evoluir no espaço); do outro lado, uma horda de filipinas, marroquinas, brasileiras, antilhanas, vestidas com as roupas velhas de suas patroas, relíquias do período pré-lipoaspiração. As duas categorias de mulheres não se comunicam. Se, por acaso, o filho da mãe burguesa dá pinta de querer brincar com um garoto acompanhado por Nouna, a senegalesa, as duas mulheres se ignoram, e a mãe burguesa tem que dar um telefonema urgente.

Nas escolas "normais", os alunos chegam no primeiro dia de aula e encontram seu nome em uma lista. Eu olho os outros alunos. Os novatos e os repetentes ficam isolados nas fileiras laterais. À minha volta, tem a minha turma. Todos portamos, pendurados no pescoço, colares de falsas flores exóticas que Flora nos trouxe do Havaí. Ela suplicou que a gente usasse aquilo, dizendo que tinha dado trabalho carregar aquela tralha no avião, e que ela tinha feito isso só por nossa causa. Parecemos ridículos. No meu grupo, os garotos são os mais bonitos e as meninas as mais belas. Eu, por acaso, me acho no meio dos mais bacanas.

"Ao ouvirem o nome de vocês, se dirijam às suas classes."

Sou chamado. Minha classe é horrível. Não conheço quase ninguém. Felizmente, estou com Flora. Sinto que não vou me divertir muito esse ano; na escola, pelo menos.

* CE2 é o curso elementar 2, para crianças de nove anos. (N. T.)

* * *

"Hoje, um sujeito se imolou no Bois de Boulogne. Não se sabe por quê", nos conta Quentin.

"Como assim 'se imolou'?", pergunta Nina.

"Ah, parece que ele usou gasolina e fósforos."

"Que história mais engraçada", diz Dominique.

"Engraçada?", pergunto.

"Sei lá, engraçada não, mas bizarra, em todo caso", ela me responde de bate-pronto.

"Ele bem que podia apenas meter uma bala na cabeça", conclui Flora.

Jane acende um cigarro e nos diz com um ar grave que "as coisas não estão indo bem com Paul".

"Por quê?", todo mundo exclama.

"Acho que ele voltou a usar pó", ela diz, sombria e um pouco orgulhosa.

"Por que é que você diz isso?"

"Sei lá. Ele anda muito... muito... como vou dizer...? Pilhado."

"Você vai falar disso com ele?", pergunto.

"Talvez. Não sei", ela responde, esmagando o cigarro.

Toda quarta-feira a gente se encontra ali. Le Lotus tem a cara de qualquer café com cara de café descolado. Pseudoindiano, pseudolounge, pseudo. Todas as quartas falamos as mesmas coisas. A gente não se diverte muito no Lotus, mas é quarta-feira e é melhor estar lá do que sozinho em casa. Na verdade, não tenho muita certeza disso.

"Você devia falar com ele", diz Nina, que está pouco se lixando.

"De qualquer maneira, ele não vai parar por sua causa", digo eu, me lixando ainda menos.

Jane parece chateada. Ela diz:

"Isso me deprime. Vamos parar de falar disso."

E a gente para de falar disso.

Volto para casa por volta das nove. Boto um DVD de Friends. Caio no sono meia hora depois pensando que alguém se imolou no Bois de Boulogne hoje, e que a gente ainda não sabe por quê.

Meu despertador toca. Não tenho a menor vontade de me mexer. É sábado. Aos sábados durmo até tarde. Me concedo alguns minutos. Abro a cortina. Dia cinzento. Não tenho muita vontade de ir à EuroDisney. Ontem, o Augustin me ligou. E me pediu para ir com ele. Disse que tinha dois ingressos e que podia ser legal. Pensei cá comigo que não tinha nada melhor a fazer. Vou tomar um banho, tem uma música que eu gosto bastante passando na TV. Debaixo do chuveiro, fecho os olhos. Vou bater na porta da minha mãe. Ela diz para eu entrar. O quarto está mergulhado na semiescuridão. Ela ainda está de pijama, ela lê um livro. Me planto na frente dela e dou uma volta em torno de mim mesmo, perguntando: "Como estou?".

Ela ergue a cabeça do livro. Ela ainda não está nem maquiada nem penteada. Ela é bonita. Todo filho deve achar que sua mãe é bonita. Seu rosto é suave: um narizinho que não perturba ninguém, olhos de um verde aguado, como duas tartarugas, lábios finos feito palitos de fósforo.

"Hum-hum, está bom. Só que meias vermelhas com sapato preto, arre!"

Isso me irrita.

"Mãe, que se danem as meias, é o resto que importa!"

Mãe fotógrafa é uma objetiva mirando você o tempo todo. Aprendi a viver com esse olhar. Sei como entrar em cena. Sempre quis que ela me achasse interessante. Cativá-la. Decidi, há muito tempo, que eu seria o principal assunto da vida dela. É injusto. É humano.

"Azar das meias, você tem certeza de que gosta do resto?"

Acho que ninguém nunca vai gostar de mim mais do que ela.

"O resto está bom. Você sempre teve bom gosto, mesmo sem ser elegante."

Faço cara de bravo, ela continua: "Estou brincando, Sach! Não faz essa cara! E vai aonde, desse jeito? Ainda é cedo...".

Um dia ela vai desaparecer. Será que a gente esquece a voz da própria mãe? Seu cheiro? Tenho a impressão de que os mortos só deixam uma silhueta na cabeça dos vivos. Minha mãe não será jamais uma silhueta. Não terei medo da minha morte enquanto tiver medo da morte da minha mãe.

"Já te disse ontem à noite! Um amigo me convidou pra passar o dia na Disneylândia. Já tô atrasado, aliás. Dá pra você me dar um dinheirinho?"

Um dia, deixei de considerar minha mãe como minha mãe. Não sei como isso aconteceu. Nesse dia, comecei a amá-la de verdade.

"Pega quanto você quiser na minha bolsa. Não é porque as pessoas se lixam para as meias que a gente tem que imitá-las. É preciso ser como ninguém se a gente quer ser alguém."

Não tenho tempo pra isso. Não tenho mais tempo pra esses joguinhos.

"O.k., mamãe. A bolsa preta ou azul?"

Ela sorri pra mim.

"A preta. Divirta-se. Te amo."

Pego cinquenta euros, dou um tchau, vou me olhar no espelho do hall de entrada, me penteio, me despenteio, entro no elevador, saio do prédio, pego a rua à direita, desço para o metrô, entro num vagão, sento. Acho que esqueci de dizer obrigado à minha mãe.

* * *

Ele marcou comigo no RER* Châtelet. Achei que ia chegar atrasado e me irrita um pouco ver que não cheguei. É bizarro isso, de convidar alguém, assim, sem mais, pra ir à Disneylândia. Ele vem chegando. Está só de camiseta e um colete preto com capuz. É o tipo de cara que nunca sente frio. Me dá vergonha do meu pesado sobretudo azul-marinho.

"Faz muito tempo que você tá me esperando?"

"Faz horas, cara!"

Trocamos um aperto de mãos. Entramos no RER. Ele veste o capuz. Tenho vontade de perguntar por que ele me convidou. Digo então: "Valeu por me convidar, cara, mas tem certeza de que você não quer que eu te dê o dinheiro do meu ingresso?".

"Não, relaxa, eu comprei dois tíquetes faz bastante tempo, e..."

Ele olha o sol. É o tipo de cara capaz de parar assim, no meio de uma frase. É o tipo de cara que te deixa com cara de bunda. Eu emendo: "...e você ligou pra todos os seus amigos, mas eles te responderam que não tavam a fim de encarar uma Disneylândia. Aí você procurou alguém sem programa que pudesse topar a parada, e pensou em mim!".

Ele se diverte. No vagão, falamos de nossas atrações preferidas. Ele adora a Space Mountain, o treco do Star Wars, Indiana Jones, o Trem da Mina, os Piratas, a Casa Assombrada e o Peter Pan. Caio na risada. Ele me pergunta por quê.

"Muito original! Você gosta das mesmas coisas que todo mundo! Você conhece muita gente que curte o trenzinho do Dumbo, em vez da Space Mountain?"

Ele curte.

* RER (*Réseau Express Régional*) é o serviço ferroviário expresso que liga Paris aos subúrbios. (N. T.)

Trocamos de vagão. Não tem ninguém no RER. Ele me diz que trouxe três baseados. Faz tempo que eu não fumo. Não gosto muito. "Beleza", eu digo. Pergunto se ele fuma muito. Ele responde: "Meio demais". Eu entendo. Deve ser bom viver nas nuvens. Ele começa a jogar Space Invaders no celular.

Na Disneylândia, o céu ainda está cinzento. Ele me diz que está com fome. No fast-food, uma Gata Borralheira de uniforme entra ao lado da gente, e eu comento: "Faxineira babaca!". E o Augustin ri. A gente se esconde numas moitas pra fumar. Daí em diante, rimos por qualquer coisa. Começou. Voltamos para o parque. O mundo amolece diante dos meus olhos. Marshmallow derretendo docemente. Tudo devagar. Ele me dá um tapinha no ombro, tirando um sarro: "Falei que era forte, o bagulho".

À nossa frente, uma sucessão de imagens como balas, como fogos de artifício. Centenas de toneladas de docinhos, milhões de bichinhos de pelúcia, roupas, xícaras, joias, fantasias, asas, anéis mágicos, bandanas, música por toda parte, crianças, uma dança louca e superorganizada. Tudo babando açúcar. Caminhamos no meio da multidão e as pessoas se afastam, e a gente ri, e a gente quase cai no chão, e o mundo é todo ele ao mesmo tempo mata virgem, uma cidade na Itália, a Lua, o deserto, a América... O mundo se reduz. *It's a small world*, cantam as crianças. Ele fala comigo, e o que ele diz não faz sentido. É uma trip. Pra valer.

Augustin rouba e veste um pulôver. Ninguém diz nada. Eu pego um pacote de balas e não pago, assim como um par de óculos em forma de coração e um revólver vermelho de brinquedo; ele pega um chapéu de pirata e um sabre. Parecemos dois malucos. Dois zumbis de catorze anos disfarçados, zoando num parque de diversões. Vejo três crianças puxando a mãe pelo braço para que ela os siga. Ela resiste, mas eles são mais fortes, eles são mais numerosos. Eles acabam ganhando. A mãe fica louca de raiva, mas não diz mais nada.

Passamos na frente de um restaurante aonde meu pai me levou num dos meus aniversários. Chegamos na Space Mountain, e tão logo nos sentamos lado a lado, não posso mais ver sua cara, e ele me diz: "Quando eu era pequeno, o anúncio da Space Mountain passava na televisão. Eles diziam que na EuroDisney a gente podia ir pra Lua. Tinha umas imagens com estrelas, foguete e tudo. Eu pedi pra minha mãe me levar, e aí, no fim das contas, nada de Lua. Só isso aqui. Tudo fajuto".

Não tenho tempo de responder. Uma voz anuncia: cinco... quatro... três... dois... um... GO! A cabeça nas estrelas, as estrelas no estômago, luz, barulho e a sombra de uma lua que sorri, como uma recompensa. Na saída, Augustin vai vomitar num canto. Ele volta pra mim: "Vamos de novo?". É o tipo de cara que vomita e quer andar de novo na Space Mountain. Um babaca. Sentamos num lugar. Ele acende um cigarro. Eu não costumo fumar, mas me dá vontade de fazer como ele. Acendo um eu também. Ainda é um pouco difícil. Vou acabar gostando disso. A tensão baixou de repente. Olhamos para o nada, sem saber o que dizer. Ele esmaga o cigarro debaixo da sola do All Star.

"Eu ia vir com a minha mina, mas larguei ela."

Não digo nada. Esmago meu cigarro. Ele puxa o celular e tira uma foto dos nossos dois pares de All Star e das bitucas esmagadas. Não ouso perguntar o que ele está fazendo.

Ele diz: "Acho que me diverti mais hoje do que se tivesse vindo com ela. Você é um carinha engraçado, um pouco esquisito, mas muito engraçado".

Não sei o que dizer. Eu também acho Augustin esquisito e engraçado. O sol aparece um pouco sobre a EuroDisney. Já são cinco da tarde. É sinistro. O fumo não faz mais efeito.

"Vamos voltar", ele me diz. E eu digo: "O.k. Claro". E ele me responde: "Vamos nessa".

Os primeiros dias de escola formam uma sucessão de imagens desfocadas e tristes, como fotos ruins, tiradas na correria. Não tenho vontade de estar aqui, tenho coisa melhor a fazer. Nas aulas, eu desenho, mando torpedos, escuto música. Tô noutra, literalmente. Chegam as primeiras notas. Catastróficas. Os outros alunos da minha classe não gostam muito de mim. Penso em Augustin. Penso nessa raiva que a gente partilha. A vida de verdade, fora dos muros da escola, tem mais a me oferecer. A vida de verdade. Aquela na qual a gente esnoba o sol que se levanta sempre cedo demais. Augustin não tem limites. Uma bala de revólver que só o impacto pode deter. Quando está bêbado, ele repete: "Dormir é morrer um pouco mais...". Estou começando a concordar com ele. Quando não tenho o que fazer no sábado à noite, minha solidão ou meu ócio me incendeiam, me incomodam, me dão coceira. Sou obrigado a me agitar. Conto os minutos que me separam da festa. Mas os fins de semana são muito curtos, me deixam sempre na fissura. É preciso ganhar terreno. Fazer da vida um longo fim de semana. Me viro bem nesse tipo de jogo.

Amanhã, vai ter uma grande festa da qual Augustin me falou. Perfeito. Nós somos dois exploradores ávidos em busca de emoções artificiais.

"A gente não pode chegar sem nada", eu digo para o Augustin a caminho da festa.

"Claro que sim, que se foda."

Não sei na casa de quem a gente vai. Ele me pergunta: "Tá com grana aí?".

Vasculho meus bolsos. Não tenho nada. Ele sorri e me diz: "Digamos que dinheiro não é problema".

Minutos mais tarde, estamos no Monoprix da rue de Rennes, na gôndola das bebidas.

"Então, o que a gente vai querer...? Vodca é sempre uma boa. Vamos pegar duas, uma pra eles, outra pra nós."

Ele pega uma garrafa e a mete dentro da calça.

"Vai, pega outra."

Eu me divirto. Vamos em direção à saída. Um vigia nos detém.

"Tirem as garrafas das calças, meninos."

Merda. Augustin fica vermelho como a gravata do vigia. Tiramos as garrafas.

"Mas que coisa mais triste de se ver. Vocês não são maiores de idade, não é?"

Fazemos que não com a cabeça.

"Impecável. Me sigam."

Seguimos o vigia até um escritório pequeno e sombrio. Eu devia inventar alguma coisa. Ele não diz para a gente se sentar. Tem outros homens lá, todos negros, todos imensos e intimidantes. Nosso vigia explica pra eles: "Então, olha aí: esses dois jovens ladrões têm que voltar pra casa acompanhados pelos pais. Eles tentaram sair da loja com garrafas de vodca".

Ele aponta as garrafas.

"Digam aí o telefone dos seus pais", ordena um dos vigias que já estava no recinto.

Augustin não parece chateado. A mãe dele é a primeira a chegar. Ela me olha friamente, pede desculpas aos vigias e leva Augustin. Os vigias começam a me dar lições de moral. Eu devia ter vergonha, talvez. É só uma garrafa de vodca que eu nem mesmo consegui roubar.

Minha mãe chega um pouco mais tarde. Ela parece uma doida. Está de óculos escuros, de pijama, com um grande casaco por cima. Ela também pede desculpas e me leva embora. Voltamos a pé. Ela me dá uma bronca. Ela insiste no quanto eu sou besta, pois sei que ela me dará o dinheiro que eu quiser. Ela me faz prometer que não vou mais fazer isso. Não recebo nenhum castigo.

Augustin fica desapontado quando eu lhe digo que no sábado não poderei vê-lo pois é Yom Kippur. Ele não sabe o que é isso e eu não consigo explicar para ele.

"É o dia do perdão, você vai à sinagoga e não come nada pra ser perdoado."

Ele retruca simplesmente: "Mas você não tem que ser perdoado de nada".

Um dia minha mãe disse que não era saudável eu ver meu pai tão pouco. Ela tomou medidas radicais. A partir de então, eu passaria um fim de semana sim outro não com ele. Nessa época, ele tinha acabado de comprar uma casa no sul da França. Eu tinha cinco anos. Um sábado de manhã, minha mãe desceu comigo para o térreo, onde meu pai me esperava. Entrei no carro dele, que tinha um cheiro forte de couro novo. Lá dentro, uma garota de oito anos e um adolescente de catorze me esperavam. Isso aí. Eu acabava de encontrar meu irmão e minha irmã. Meu pai, claro, falava deles às vezes nas nossas conversas aos domingos, mas na minha cabeça eles existiam tanto quanto a bruxa das histórias que minha mãe lia para mim. Me parece que eles deviam estar mais informados que eu, mesmo com as caras de estranhamento que fizeram quando entrei no carro. Ninguém falou um A, até que minha irmã disse brutalmente: "Papai, tô desapontada, eu queria ter um irmãozinho, mas ele não é pequenininho". O primeiro choque foi ouvi-la dizer "papai" para o meu pai. Depois, essa frase ficou arquivada no meu espírito. Eu era uma decepção. Acho que minha irmã jamais me perdoou por ser velho demais, e meu irmão, um adolescente então, jamais se ligou de verdade em mim. Nesse dia, sem que eu compreendesse por quê, sem que eu pudesse fazer alguma coisa, me apareceram um meio-irmão e uma meia-irmã. Contra essa nova vida em família que me era imposta, minha única defesa foi esse "meio"/"meia". Eu só pertencia pela metade à família deles, só podia amá-los pela metade. Esse "meio" virou minha proteção, minha desculpa. Durante a semana eu vivia sozinho, eu era o Sacha, filho da minha mãe, e no fim de semana eu virava o meio-irmão, o meio-filho. Enquanto uma parte de mim se resignava a ser o irmão de alguém, a outra se recusava a isso.

Yom Kippur. Não fiz jejum. Considerei que já era punição suficiente me ver privado de sair num sábado. Encontrei meu pai e meu irmão na sinagoga. Detesto o Kippur. As pessoas fedem nesse dia. Acho que meu pai ficou contente por eu estar lá. Ele vai cumprimentar Alain Afflelou, e isso me irrita. Ele volta para perto de mim. Ele me segura pelos ombros. Está contente pra valer. Parece cansado. Esse jejum é cada vez mais difícil para ele. Meu pai não se parece com os outros homens da sinagoga. Para começar, ele tem olhos azuis e cabelo loiro. E, depois, ele tem algo de majestoso. Uma espécie de elegância. Ele se sente superior, isso dá pra ver. Ele recoloca no lugar seu *talit*. Ele não diz nada. Meu irmão vai ao banheiro. Meu pai olha o rabino, depois a Torá dentro do armarinho. Ele sente dor de cabeça. Ele senta. Ele finge ler o livro de preces. Ele vira as páginas da esquerda para a direita. Eu lhe pergunto: "Papai, fala sério, você acredita em Deus?".

Ele me responde pausadamente, sem deixar de fingir que está lendo:

"Sim, Sacha, eu creio em Deus."

Estou quase certo de que ele mente. Ele não é o tipo do homem que crê em Deus. Ele é muito melancólico. Ele me irrita. Ele não leva minha pergunta a sério. Como se ele não pudesse me comunicar uma informação dessa importância. Eu lhe respondo, falando bem baixinho: "Você tá de gozação. Você tá mentindo numa sinagoga, no dia do Kippur, você se dá conta disso?".

Ele não me responde. Não parece zangado. Mais para incomodado, quase triste. Ele tem lágrimas nos olhos. Eu não deveria ter feito uma pergunta dessas. Ele me olha e diz: "Eu gostaria muito de crer, Sacha, talvez chegue lá um dia".

O chofar soa. Acho o som horrível. Todo mundo se abraça. É meio desagradável.

A gente vai jantar na casa do meu pai, como todos os anos. As pessoas (tios, primos, tias etc.) se precipitam sobre o rango. Eu me sinto só, fora de lugar. Não conheço de verdade minha família do lado do meu pai. O fato é que não conheço de verdade meu pai. Por isso é complicado. Lembro-me do Kippur do ano passado. Na mesa de centro tinha um álbum de fotos. Abri o álbum. As fotos estavam organizadas por ordem cronológica. Não tinha nenhuma foto minha. Ao voltar para casa folheei alguns álbuns de fotos. Páginas e páginas de mim com meu pai. Me toquei do quanto as fotos mentem. Ele não estava lá. Me pus a arrancar todas as fotos. Sou ressentido às vezes. Sou cruel com ele. Desprezo-o sistematicamente. Ele também se ressente. Eu me blindo. É preciso.

"Você pode me passar o *chouchouka*?* Sacha?"

Minha prima fala comigo. Tenho muita vontade de fumar. Eu me desculpo e saio da mesa para ir à cozinha. Augustin fuma bastante. Isso lhe dá atitude. Começo a gostar disso. De repente, meu pai entra. E começa: "Vim ver se tudo...". Ele nota o cigarro. Vai dar merda. Ele emposta uma voz supergrave e me diz, sem gritar: "Que é isso, Sacha?".

Minha própria arrogância me surpreende:

"O que é que você acha?"

Ele avança contra mim, agarra meu cigarro, joga na pia e me estapeia. Eu berro:

"Tá maluco?"

Ele grita mais alto:

"Eu que estou maluco?! Pra começo de conversa, não fale comigo desse jeito!"

Ele me pega pelo braço, apertando.

"Escuta aqui, Sacha, escuta direito. Você não faz coisa nenhuma na escola, sua mãe me disse que você sai todos os fins de semana e só volta de manhã, e agora ainda fuma! Isso é uma pouca-vergonha! Pode crer que isso não vai ficar assim! Sua mãe te deixa fazer o que você bem entende, e olha só o resultado! Catorze anos, um babaquinha que fuma, que rouba bebida alcoólica no Monoprix! Olha só pra você!"

Tento articular uma resposta:

"Você fala como se eu fosse um junky! Não exagera!"

"Pelo que eu vejo, você não está longe disso."

* *Chouchouka* é um prato de origem judaico-sefardita, à base de legumes, azeite e ovos cozidos. (N. T.)

Ele para de repente, larga o meu braço e me pede para voltar à mesa. Todo mundo ouviu. Vou embora batendo a porta sem me despedir. Ninguém me pede para ficar.

Volto pra casa a pé. Sobre a ponte Alexandre III, não olho o Sena, mas sim as luzes de Paris. O que reluz me seduz. Quando eu era pequeno, pedia à minha mãe para ir comigo ver "as luzes". A gente ia de carro dar umas voltas pela cidade. Augustin também gosta de se perder na noite neon. Ele adora ver os monumentos se apagando de repente. Como eu, ele sente essa força que vem de ter enfrentado a noite. Ligo pra ele. Ele não atende. Talvez eu devesse me preocupar. Deveria dizer a mim mesmo que não estudo e não falo mais com minha mãe. Não. As luzes. Sempre. As mesmas que ainda têm o poder de me cegar. Por vezes lanço um olhar sobre as águas. Se alguém se afogasse ali, naquele momento, eu não veria. Ofuscado. Começo a me sentir bem. Nossa vida é brumosa e o jogo consiste em mantê-la assim mesmo. Venta um pouco naquela noite, e, como sinto frio, volto para as luminárias do boulevard Saint-Germain. Continuo querendo me esconder nas luzes.

Conversa com a sra. Loudeu, a professora-chefe — e pior, a professora de matemática: "Quando for chamado, entre na sala para conversarmos um pouco, a sós".

Espero no corredor, olhando à minha volta. Nunca pensei que um dia eu fosse estar na lista dos alunos convocados para uma conversa. Sinto uma ligeira vergonha. Nunca fui o primeiro da classe. Sempre fiz o mínimo. Até então isso tinha funcionado mais bem do que mal. Devo ter ficado abaixo da marca mínima. Abaixo de zero. Sou chamado, entro.

Sala vazia. A sra. Loudeu está sentada a uma escrivaninha. Um iceberg com cabelos curtos, unhas sujas e óculos quadrados que compõem a típica secretária de filme pornô. Ela começa a falar com um ar enfezado que eu não consigo entender: "Bom, vamos ver essas notas".

Ela aponta com uma caneta Bic um caderno. Ela exala um cheiro de mexerica.

"As notas sublinhadas são as que estão abaixo da média."

Olho. Todas as minhas notas, à exceção da de história, estão marcadas em amarelo.

"Sacha, vou ser clara, todos os professores julgam que o seu empenho é insuficiente e você não conseguiu média em nada."

Ela faz movimentos curtos e secos com as mãos. Ela não me olha nos olhos. Eu respondo: "Não, senhora, consegui em história".

Falta-me convicção. Ela me olha, ela se pretende imperiosa, mas só é um pouco ridícula.

"Tomei a iniciativa de olhar seus boletins antigos, e suas notas não eram tão ruins. O que aconteceu?"

Improviso: "Não sei por quê, mas o estudo me parece mais difícil neste ano do que nos outros".

Ela me sorri pela primeira vez. Seu sorriso é terrível, maligno. Ela continua: "O que eu penso é que você não estuda, simplesmente".

Tento argumentar, em vão. De novo, me falta convicção. Ela me corta no meio de uma frase: "Bom, eu gostaria de ter uma conversa com seus pais antes das férias".

Ela é um pé no saco. Tento uma última coisa: "Olha, eu vou procurar realmente melhorar minhas notas. Vou fazer um esforço".

Ela faz uma cara de quem não está muito convencida: "Combinado. Amanhã, me diga quando vai ser a reunião com seus pais. Obrigada".

Saio da conversa um tanto desanimado. Augustin me espera na saída. Ele me pergunta se foi tudo bem. "É, foi", respondo.

Ele me pergunta onde eu quero almoçar e eu escolho o Lotus. Ele me fala de uma garota que ele beijou na semana passada. Eu me pergunto como vou contar para minha mãe que a sra. Loudeu quer vê-la. Pagamos, quer dizer, acho que paguei para ele. Augustin me observa e pergunta se tenho certeza de estar bem.

"Tô", eu digo. "Tudo bem. Tô cansado, só isso."

Ele me acompanha até em casa. Na frente do meu prédio, ele diz:

"Se você quiser conversar, se alguma coisa não tá legal, pode me ligar. Podemos falar, e tudo. Quem sabe eu possa mudar suas ideias."

Eu subo e encontro minha mãe. Ela esta sentada à escrivaninha. Parece trabalhar.

"Mamãe..."

Sem resposta. Deito na cama com ar de quem não quer nada. Ela tecla no computador. Não quero perturbá-la. Mas é preciso. Mando ver: "Sabe, eu vi minha professora de matemática hoje e ela quer te ver, logo, logo...".

Ela para de teclar. Ela se volta para mim, de cenho franzido. Ela me pergunta por quê.

"Ah, sei lá, para falar com você sobre as minhas notas...", respondo, fazendo uma cara tristinha.

"É grave? Tá com jeito de ser, pelo visto."

"Não sei."

Não sei mesmo. Será que é grave?

Ela pega a agenda.

"Bom, vou ver se consigo ir lá na sexta. Você acha que vai dar tudo certo?"

"Não sei."

"Você não tá sabendo muita coisa hoje."

"Não."

Volto para o meu quarto para ver O.C. Para ver as brumas descerem sobre mim.

Eu tinha nove anos. Minha mãe havia dedicado três anos de sua vida a uma exposição de fotos. Ela estava recebendo críticas muito desfavoráveis. Eu não entendia direito o que tudo aquilo queria dizer, mas sentia minha mãe frágil, exausta. Uma noite, fui até o quarto dela. Deitei na cama dela. Mamãe falava ao telefone, em inglês. Eu não entendia o que ela dizia. Sua voz estava bem trêmula, com a mesma tremedeira da noite em que ela e seu namorado inglês haviam brigado. Eles berravam na sala. Eu escutava atrás da porta. Era tarde. Mesmo atrás da porta, eu podia sentir a tensão entre eles. Compreendia que a briga era séria. Minha mãe deve ter me escutado. Ela foi abrir a porta com violência. Ela chorava, ele também. Eu era a razão da briga. Eu não me entendia com ele. Uma hora, vi nos olhos da minha mãe a raiva contra mim. Ela disse, numa voz calma e seca: "Não é pra escutar atrás da porta. Vai pro seu quarto". Minutos depois, ouvi bater a porta do apartamento. Voltei para pedir desculpas à minha mãe. Sua porta estava fechada a chave e ela gritava para que eu pudesse escutar: "Essa noite não, Sacha!". Cheio de culpa e impotência, escutei o choro dela durante o resto da noite. Agora aí está a mesma voz de antes, cheia de amargura. Daquela vez, depois de desligar, ela se pôs a chorar feito uma menininha. Soluços fracos. Ela se lamuriava: "É injusto, Sacha, investi toda a minha alma nesse projeto. Toda a minha vida. Quero morrer". Ela me envolveu em seus braços, como se eu estivesse em condições de protegê-la. Eu sabia que não devia chorar. Protegê-la. Fiquei para dormir com ela. Minha mãe foi para o hospital no dia seguinte.

Enfiei algodão dentro do meu All Star. Não é fácil entrar em boates com catorze anos. Augustin me diz que ele já foi lá, nas férias. Não acredito muito nisso. Pegamos um táxi. Gastamos um tempo até achar Sam, o amigo do Augustin que vai nos ajudar a entrar na Scream. Ele está ocupado cheirando umas fileiras no assento da scooter. Ele nos oferece. Aceitamos. Eu sei como fazer, aprendi nos filmes. Mesmo assim, tremo ao aproximar a nota do espelhinho de bolso. É amargo. Augustin tem um jeito de quem já fez isso centenas de vezes, embora eu não acredite nisso.

Passamos diante do leão de chácara. Ao entrar na boate, todos os meus músculos relaxam. Pegamos uma mesa. Não conheço ninguém. Me sinto bem porque Augustin e eu bebemos Manzana antes de vir. Uma garota me olha. Ela é fofinha. Morena, magra, olhos castanhos, um narizinho. Pergunto para um cara quem é ela, mas ele não a conhece. Continuo olhando para ela. A garota está com uma amiga, do tipo loirinha com um jeans muito comprido e uma camiseta muito curta. *Alisamento xumbrega*. Augustin se levanta e vai até a pista de dança. Eu não tenho vontade de sair dali. A garota se aproxima de mim. Ela me pergunta minha idade e se eu quero dançar. Nessa ordem. Naturalmente, minto. "Dezesseis", eu digo. Pergunto o nome dela, ela não responde. Ela me faz um sinal de cabeça em direção à pista. Eu vou atrás porque ela é uma garota muito fofa, porque as pessoas na mesa começam a se perguntar quem sou eu, porque Augustin não está ali e porque está tocando "Billie Jean". Na pista só se veem membros, rostos medonhos, vultos de salto alto e de minissaia. Danço com a garota em seu jeans Seven reto, a camiseta preta e botinhas de couro negro. Por falta de informação, vou chamá-la por enquanto de Senhorita. A Senhorita dança bem, como todo mundo. A Senhorita usa perfume Coco Mademoiselle, da Chanel, como todo mundo. A Senhorita é altiva, como todo mundo. A Senhorita deve ter dezesseis anos, como todo mundo. A Senhorita se pergunta que diabo está fazendo ali, como todo mundo. Para justificar ou amortizar os vinte euros gastos na entrada, ela decide me beijar. Deixo rolar. Ela é fofa. Tudo muda quando a gente beija alguém numa boate, pois a gente fecha os olhos e nesse instante tudo fica elétrico. A gente vira animal. Eu, Sacha, macho, catorze anos, estou trocando saliva com a Senhorita, fêmea, de prováveis quinze anos. Eu a aperto contra mim. Ela descansa a cabeça no meu ombro, cospe seu chiclete e me beija de novo. É mecânico. As músicas se sucedem ao ritmo de nossas linguaradas. Resolvemos ir beber um drinque. Na mesa não há mais ninguém, fora uma mina adormecida que deve ter vomitado na bolsa. Finjo não vê-la porque ela talvez esteja em coma alcoólico e eu não quero encheção. A Senhorita me deita no banco. Ela monta a cavalo em mim e eu me dou conta de que não trocamos mais do que uma dúzia de palavras:

"quantos/anos/você/tem/quer/dançar/quinze/anos/vamos/lá/sentar/o.k.". Bem-vindo ao século XXI, a era do "ficar" e da vodca com suco de fruta.

A Senhorita desabotoa minha calça e tudo, como sempre, é muito mecânico. Ela deve ter feito isso dezenas de vezes. Eu interrompo a coisa. Digo a mim mesmo, sem saber direito a razão, que aquilo não é legal, pois ela deve estar bêbada ou chapada, e eu nem sei seu nome e aquilo provavelmente é indecente. Com a boca pastosa, tenho dificuldade de articular as palavras.

"Como você se chama?"

"Quê?" Ela está bêbada, não há dúvida.

"Seu nome."

"Que se dane."

"Como você se chama?"

"Cécile."

A Senhorita tem um nome, uma vida, uma família, uma escola. Ela tem seus problemas, seus segredos. Tenho vontade de conhecê-la. É idiota, mas quase tenho vontade de salvá-la. Faço com que ela se sente. Pergunto na lata, como num grito: "Por que você tá fazendo isso?".

"Por que eu tô fazendo o quê?"

Ela não se surpreendeu e está bêbada demais para sentir vergonha. Ela não responde nada por não saber o que dizer. Percebo que confundi a cor de seus olhos, agora que os vejo. Eles são azuis, muito azuis. Cécile está tontinha. Noto isso pela maneira como suas pupilas miram o vazio quando eu a encaro. Ela diz com uma voz monocórdica que seu irmão é o DJ do lugar.

"O.k.", eu lhe digo, e ela se põe a me bater uma punheta. Ninguém nos vê e eu não consigo gozar. Ela está cansada. Ela para. Sua amiga feiosa chama por ela: "Porra, Lola, vê se mexe esse rabo!".

Cécile se chama Lola. Ela oferece seu corpo antes de dizer

seu nome. Ela se levanta e segue a amiga até a pista de dança, em meio à massa informe que devora as crianças perdidas. Ali onde a música é tão alta que enlouquece as pessoas.

Vou procurar Augustin, que está beijando uma moreninha. Digo pra ele que a gente devia se mandar. Ele me olha, completamente bêbado, sem reagir. Dou um sorriso para a menina e puxo ele pelo braço. Ela gruda nele, fuça nos bolsos dele, acha o celular e digita seu número. Eu recupero o aparelho e olho. Ela se chama Martine. Como interrompi o beijo deles, resolvo que no dia seguinte vou avisar Augustin que ela lhe deixou seu telefone. Na Champs-Élysées, tenho que segurá-lo pra ele não cair. Entramos num táxi. O motorista é negro e fala comigo, mas seu sotaque é tão forte que eu não entendo direito o que ele diz. Ele resmunga alguma coisa sobre a nossa idade e nos diz que não quer que a gente suje o carro dele. Augustin fecha os olhos, e, pela janela fechada, eu observo o céu em branco e preto. O taxista para de falar e a gente ouve apenas o barulho do motor. Penso: "Lá fora, a cidade está vazia, o céu branco e preto", e não sei por quê, mas me sinto de repente muito bem.

Vejo Star Academy. Que tédio. Preciso fazer minha lição de casa. Fumo. Tenho uma redação pra fazer. Não deve ser muito complicado. Vejo uma série no canal M6. Minha mãe me chama pra jantar. Acho que ela quer me falar da Semana Santa que se aproxima. Servindo brócolis, ela me explica que gostaria que fosse um feriado de estudo, pra que eu dê uma arrancada na volta às aulas. Ela diz que a gente devia ir pra nossa casa de campo.

"Vai fazer bem a nós dois um pouco de verde."

Essa perspectiva me dá vontade de morrer. Uma semana de estudos no campo, sozinho com mamãe. Um porre. Uma semana em Cresse, em Calvados. Minha mãe pergunta se eu quero um pouco de molho na coxa de frango. E acrescenta, descansando a molheira: "Ia ser mais fácil pra você estudar com alguém. Vi na internet que tem uns professores particulares à disposição por lá".

Socorro. Com certeza ela já chamou um. Sempre três passos à frente, minha mãe. Ela prossegue: "Eu sei que isso não parece muito divertido, mas acho que é necessário. E, depois, o que é uma semana num ano? Nada. Te juro que você vai se sentir melhor se a escola parar de te azucrinar".

Percebo que não poderei remanejar a situação em meu proveito. Não escaparei dos feriados de estudo. Melhor reduzir os danos.

"Entendo. Você tem razão... Mas eu sei que vou ser capaz de rachar ao máximo se tiver um tempo pra mim. Entende?"

Minha mãe deve pensar que eu a tomo por uma babaca. Prossigo: "Sendo assim, tudo bem quanto ao campo e às aulas particulares, mas gostaria de poder convidar alguém...".

Ela não parece concordar. Continuo: "Não precisa ser a semana inteira... os três primeiros dias, por exemplo".

Ela não diz nada. Ela toca os lobos de suas orelhas. Que mania engraçada. Ela suspira. E diz: "Não é por mim que eu faço isso. Não acho isso divertido também. Você promete que vai estudar?".

Prometo com intensidade. Ela gosta tanto de me agradar. Eu não devia abusar. Mas abuso já faz um bom tempo. Ela parece acreditar.

"Pode convidar alguém para os três primeiros dias se você resolver estudar pra valer."

Comunico-lhe a minha enorme determinação. Tiro a mesa e aí subo para o meu quarto. É que tenho lição a fazer. Sou um cara sério agora.

22h37. Vejo *Confessions Intimes*. Pergunto-me se Augustin vai querer vir passar uma parte do feriado comigo. Ele provavelmente vai passar o feriado da Semana Santa em Paris. Ele é divertido e sempre tem fumo. Ligo pra ele e faço o convite. Ele parece contente. Parece que a mãe dele vai deixar. Combinamos tudo em dez minutos. Ele me conta que está saindo com Martine há dois dias. Eu não sabia que eles tinham se visto de novo. Ele diz que ligou para ela num sábado em que estava entediado. Pelo jeito, ela é mesmo legal. Eles tinham se encontrado num café e, ao levá-la pra casa, ele a beijou. Pergunto se ele quer me apresentar a Martine. Pra falar a verdade, não tenho grande vontade de vê-la. Acho que ele também não tem grande vontade de apresentá-la a mim. Tá tudo certo, então. Desligamos. Eu me instalo em minha escrivaninha e leio pela primeira vez o assunto da redação: *Você vive em 2009. Nessa época, os sábios inventaram uma máquina que permite viajar no tempo (passado ou futuro). Todos os cidadãos têm direito a uma viagem a título experimental. É a sua vez. Conte como foi.* Tenho mesmo que me empenhar. Preciso refletir. Pra onde é que eu gostaria de ir, se pudesse viajar no tempo? Acho que gostaria de ver como isso tudo vai terminar. Ver o que sobrará do mundo, da luz, do ar, do céu, das velhas pedras, dos oceanos. Ver o que será feito de todas essas coisas que eu acreditava eternas. Me ver na obscuridade mais completa, de cara com o caos. Contemplando o apocalipse e comendo pipoca. Atingir o vazio absoluto. Não posso contar tudo isso. Nada disso faz sentido. Vou me deitar. Vou entregar a lição atrasado, não tem importância. Penso um pouco no feriado e no Augustin. Mas não consigo espantar as visões futuristas macabras da minha cabeça. Nessa noite, enquanto tento dormir, penso no fim do mundo. Me enfio embaixo do edredom como uma criança que se protege dos monstros que saem dos armários. Não consigo pegar no sono. *Quando minha solidão ressoa no inverno do meu quarto.* Vou procurar um cigarro, que fumo, como se escondido, na cama. *A solidão se avoluma, torna-se dolorosa. Ela ressoa cada vez mais forte. Com violência cada vez maior.* Preciso telefonar, estabelecer contato com outro alguém. Não importa que outro alguém. *A solidão se materializa pouco a pouco. Ela tem um rosto, ela te olha direto no estômago.* É muito tarde para ligar para alguém. Preciso fugir na hora em que sentir medo do meu medo. *A solidão começa a te seduzir.* O vento lá fora me obriga, por convenção, a me sentir bem no meu leito quente; mas nada posso contra a vontade de me sentir gelado. *A solidão beija você e sua língua entra fundo em suas entranhas. Feito mão que agarra seu coração e o aperta bem forte*. Ligo a TV, a luz, ponho música. Afugento as sombras, uma a uma. Mesmo com minha companhia virtual, não consigo conciliar o sono. Falava-se bem da fada Eletricidade, não? Se eu pudesse dormir, saberia, talvez, como sonhar.

Os dias são verdes e cinzentos. As noites são negras e azuis. O tempo é longo e penoso. Toda noite eu acordo em sobressalto, convencido de que alguém está andando no sótão em cima da minha cabeça. Ouço música o dia todo. Não tenho outra coisa pra fazer. Para pegar no sono, olho a Lua por muito tempo. A gente sempre acaba dormindo quando mira fixamente em alguma coisa. Meu professor particular se chama Louis. É bem feio, baixo, com espinhas. Ele mora perto de casa, não sei onde. Ele vem me fazer estudar três horas por dia. Ele chega à tarde em seu carro, que cheira a comida chinesa. Ele conservou seus velhos livros didáticos e gosta de usá-los. No começo, quis dar uma de pedagogo: "Vou te explicar por que a matemática é útil". Ele não se dá conta de que eu não estou ouvindo. Às vezes isso o irrita. Que se dane. Ele deve achar que eu sou burro, que eu sou um garoto malcriado e mimado que não sabe aproveitar suas oportunidades. Que se dane também. Para enfezá-lo ainda mais, corrijo seu francês. Deixo o tempo passar. Um dia, devo ter passado do ponto e ele realmente subiu pelas paredes. Ele disse: "Mas você tá a fim do quê, afinal?". Essa frase ficou ecoando na minha cabeça um tempão. Do que eu estou a fim? De nada. Se eu estivesse a fim de alguma coisa, teria vontade de achar essa coisa. Quero só que ele desapareça, ele e todos que esperam que eu me interesse pelas coisas que me entediam. Estou a fim de me distrair. Felizmente Augustin vai chegar logo. É tempo de dar risada.

Espero Augustin na estação. Vejo o trem se aproximar. Vai ver é o mesmo trem em que o encontrei. As pessoas descem dos vagões, uma a uma, bem-comportadas. Vejo uma mulher em cadeira de rodas que precisa ser retirada como uma mala. Augustin aparece. Ele não me vê. Ele acende um cigarro. Ele usa uma bandana presa em seu jeans. Nossos olhares se cruzam, abrimos sorrisos simultâneos. Reflexos sinceros. Estou alegre por revê-lo. No carro, minha mãe retoca a maquiagem se olhando no retrovisor. Eu a vejo enquanto Augustin e eu caminhamos pelo estacionamento. A ideia de que minha mãe quer se mostrar bonita para o Augustin me perturba. Deixo que ele sente na frente. Minha mãe cumprimenta Augustin, dando a partida. Ela lhe faz perguntas banais. Ele responde com educação, simpático, engraçado e numa boa.

Dá pra ver que Augustin gostou bastante da casa. Eu o levo ao seu quarto e deixo que ele se instale. Torço para ele ter trazido maconha. Acho que trouxe. Boto um CD do Cat Stevens. Já é noite. Augustin entra no meu quarto. Senta na minha cama. Pergunto o que ele fez nos outros dias do feriado.

"Nada demais. Cruzei com uns camaradas, estudei um pouco..." Ele puxa um cigarro. "Tudo bem eu fumar na sua casa?"

Respondo que sim, que não tem problema.

"E, bom, vi a Martine..."

Ele faz uma pausa como se à espera de que eu diga alguma coisa, e, como não é o caso, ele continua: "A gente dormiu junto e tudo... Acho que a coisa pode ficar séria".

Ele me passa o cigarro. Minha mãe nos chama para jantar.

"Legal, tô morrendo de fome!", ele diz.

Ele se porta bem à mesa, com ar de bom menino. Minha mãe vai deitar e a gente fica pela cozinha.

"Posso pegar uma cerveja?", ele pede.

Passo uma Corona pra ele e abro outra pra mim. Tenho medo de que ele se entedie, por isso tento distraí-lo. Acho que está funcionando. Ele pega uma pinça de catar pepinos em conserva e pesca com ela um cigarro, que se põe a fumar. Ele acha isso engraçado. Parece um garotinho essa noite. Ele me fala de um filme que viu pouco antes de pegar o trem.

Daí, me pergunta: "E você, Sach, diz aí, e o agito? O que tá rolando?".

Eu ando vendo Gabrielle na praia, e também uns amigos. Essas experiências devem parecer ridículas perto das dele. Preciso mentir. Mas ele é o tipo do cara que dá a entender com um olhar que sabe que você está mentindo. Mando: "Por ora, tudo paradão, pra ser honesto...".

Miro um ponto na mesa para não ter de encarar seu olhar. Como ele não diz nada, acabo pedindo um cigarro. Soam os sinos da igreja vizinha, e ele diz: "Tô com um pouco de erva aqui... tá a fim?".

Subimos para o meu quarto. O CD do Cat Stevens tocando ainda. Augustin me diz: "Bom, que tal parar de ouvir cantigas de ninar?".

Dou uma risadinha, ele prossegue: "Trouxe uns CDs, posso botar um?".

Eu deixo ele pôr um CD de um rapper que eu não conheço.

Ele acende o primeiro baseado. A música é elétrica e brutal. Ele fala: "No trem, na vinda, li uma história de doença na *Entrevue*".

Começo a ficar chapado.

I can play basketball with the moon

"É sobre um cara, tipo pai de família italiano, que ficou viciado em video games..."

Suas palavras encobrem às vezes a música, não distingo mais a canção da história que Augustin conta.

If I shall ever fall the ground will then turn to wine

Ele acende um segundo baseado. E continua, imperturbável: "...e esse cara, saca, tem trinta anos, mas já tem um filho, um menino de seis anos...".

Meu corpo treme sobre os lençóis amarelos.

"E um dia, saca, os avós do moleque vêm visitar a família..."

Os círculos de fumaça sobem para o teto e acabam desaparecendo.

"...e nesse dia eles descobrem que o pai do netinho deles dá cocaína pro filho pra que o garoto consiga jogar video game com ele a noite toda."

Ele explode numa risada e diz: "Saca só o psicopata! O moleque dele, de seis anos! Genial, né? Quase matou a criança! Você não acha isso horrível?".

Eu também rio, mas sem saber direito por quê.

Violets are blue, roses are red
Daisies are yellow, the flowers are dead.

Já estamos capotando quando ele acende o terceiro baseado.

Os olhos de Augustin giram nas órbitas como dois piões malucos. Ele diz que quer sair. A noite está escura e, imagino, gélida.

"Você tá louco", digo, fazendo uma gangorra com minhas pernas na beirada da cama.

"Tô. E você também, aposto!"

Parece que ele me pisca um olho, mas não tenho certeza. Ele se levanta num instante e corre para fora do quarto. Resolvo ir atrás dele. "Começou." Não tenho tempo de pôr um casaco, pois ele já está lá fora me chamando, e eu vou atrás dele feito cachorrinho abandonado que procura seu dono. Faz frio. É como se eu vestisse uma roupa de gelo. Cada passo é doloroso. Tenho a cabeça muito pesada. Saímos do jardim e ganhamos a estrada margeada de árvores. Ergo a cabeça. Vejo animais fantásticos pulando de galho em galho, esquilos noturnos de patas brancas como o luar. As folhas são armas apontadas para mim. Minha pele parece recoberta de uma fina película de geada. Augustin urra de frio. Ele fala rápido. Começo a correr, lógico que para ultrapassá-lo. Vejo seu corpo avançando a passos pesados sobre o capim que estala. Ele chega até mim. Ele me agarra pelos ombros e urra: "Comando 14. Operação noturna!!!".

Ele se joga de barriga no chão, apanha um galho e diz: "Fogo!". Ele finge atirar com seu pedaço de pau, enquanto eu, flexível, me esquivo das balas imaginárias. Ninja, ágil como um tigre. Eu ruborizo e Augustin acha engraçado. Mergulho no chão, a cabeça à frente. Levanto e a floresta gira ao meu redor. *In the jungle*, as árvores são esconderijos. Cada lâmina de capim é um punhal, vejo olhos em todos os arbustos. O inimigo está em todo canto. Disponho de zarabatana, besta, arco e flecha e olhos rápidos como setas. Augustin corre pra todo lado. Meu inimigo é uma criatura perigosa. Ele dispara balas invisíveis na noite, perturbando o silêncio. No campo, nesta noite, é a sinfonia do perigo, da porrada, do direto na cara e do ódio. Rebeldes sem causa?

Causa é o que não falta. Guerreiros altivos que esmurram as sombras e arruínam seus punhos. Ele avança contra mim, louco, chapado. Camicase, sua causa é ele próprio. Ele desaparece às vezes, engolido pela noite. Na hora em que os ponteiros enlouquecem, perdemos o controle. Boxeadores desatinados num ringue imaginário. Uppercut, cabeçada, violência gratuita, tudo fantasmagórico. Augustin me joga por terra. Eu rolo no chão. Ele grita: "Vai! Reage! Se mexe!".

O ódio aumenta. É inevitável. Um dragão azul e violeta. Levanto e o empurro. Sua queda é violenta. Pulo em cima dele. Ele ri como um doido. Dou-lhe um primeiro murro, depois um segundo. Não sei se bato forte. Ele não ri mais. Quero mordê-lo, mas ele me derruba de lado. Tremo. Imagens asquerosas desfilam diante dos meus olhos. Imagens lazarentas. Uma seringa suja cuja agulha se enterra facilmente num braço mutilado. Um absorvente feminino apodrecido que flutua na água da privada de um posto de gasolina. Uma criança que prende o pé numa armadilha para lobos. O barulho que fariam todos os meus ossos caso se quebrassem ao mesmo tempo. O esqueleto que urra. E, no entanto, diante dos meus olhos não há nada além do céu. Augustin está deitado ao meu lado. Não se ouve nada além de nossa respiração. O silêncio da noite é o vencedor. Minhas mãos ainda tremem um pouco. Volto a sentir frio. Augustin mira o céu, mas é como se ele assistisse a um filme. Ele ri às vezes. Eu o ajudo a se levantar. Ele não fala. Ele às vezes ri como que por espasmos. Voltamos ao meu quarto. Ele deita na minha cama. Vou ao banheiro jogar uma água na minha cara e, na volta, ele já pegou no sono. Deito ao lado dele. Minha cama é um navio na tempestade, conduzido pela espuma. Ele vira de bruços para ir ter com suas profundezas. Os animais misteriosos me roçam com suas nadadeiras, como libélulas molhadas. Em meio à tormenta, já não sei se estou respirando. Soçobro, depois volto à tona, bêbado de sal, azul como o gelo. Na superfície, as gaivotas berram, e uma voz se mistura a seus gritos. Não consigo ouvir, aturdido pelas correntezas. Meu espírito flutua no mar como uma boia pneumática desgarrada ao largo de um oceano verdolengo. Ouço os vagalhões que vão quebrar na praia de seixos, e depois o vento, como última resposta.

Quando chove em Deauville, tudo fica cinzento. A areia, o céu, o calçadão de tábuas, o mar, o horizonte. As casas estalam, as botas de borracha rangem, as gotas d'água tombam sobre os anoraques sombrios. Nada tem leveza, mesmo as vacas têm um ar grave. Minha mãe põe um CD da Billie Holiday no carro a caminho do hotel Royal. Ela resolve nos deixar num café para ir jogar no cassino. Antes de partir, ela nos promete que, se ganhar, nos convidará para jantar num bom restaurante. Pedimos dois chocolates quentes. Não tem ninguém nas ruas. Augustin propõe um passeio.

"Com essa chuva!"

"E daí? Você nunca correu na chuva?"

Ele paga e saímos. Faz muito frio. Isso o excita. Digo a ele que sinto frio.

"Tá, a gente vai se esquentar", ele responde.

Ele começa a correr e eu me sinto obrigado a segui-lo. Me sinto bem e eu começo a esquentar. Alguns carros quase nos esmagam, mas nada grave. Na praia, o vento levanta areia.

"Vamos correr até o mar?", ele pergunta.

Não respondo e começo a correr.

"Tá roubando!", ele grita.

Ele me agarra as pernas e caímos, os dois. Não consigo parar de rir. Estou encharcado, coberto de areia, ralado. Mais tarde, minha mãe nos encontra na frente do café. Ela ganhou, mas ao ver nosso estado decide nos levar de volta para casa. Eu protesto: "Mãe, promessa é dívida!".

Ela sorri.

"Tá certo!"

Nós desistimos, apesar de tudo, de sujar as belas cadeiras do hotel Normandy, e escolhemos uma pizzaria bem fuleira. Em torno de nossas pizzas e de uma garrafa de vinho, Augustin e eu rimos tão alto quanto na praia. Minha mãe não entende por que a gente ri. Melhor assim. Ao chegar em casa, escapamos para os quartos pois ainda estamos meio encharcados. Augustin me segue até o meu quarto. Acho que não pretende dormir no dele. Ele tira a roupa, dizendo: "Vou tomar uma ducha, tô emporcalhado".

Tiro as meias molhadas. Ergo a cabeça. Ele está completamente nu. Ele vai para o banheiro. Ouço a água que começa a escorrer. Ele me chama. Ele já está debaixo da ducha.

"Você tem xampu?"

Vou pegar um frasco. "Valeu, cara." Ele começa a conversar comigo. Ele esfrega o crânio. Ele é forte. Ele me pede para lhe passar uma toalha. Ele sai do box. O banheiro é muito pequeno para nós dois. Eu me afasto.

"Porra, isso faz bem!", diz ele, se estirando. "Não vai tomar uma ducha?"

"Vou, vou, claro!"

Ele se mira no espelho. Ele inspeciona os mínimos detalhes de seu rosto. Tem um ar satisfeito, sorri.

"O importante é a simetria", ele me diz.

Acho que ele não se dirige a mim. Tiro a roupa, entro na ducha. Não sei se ele me olha. Gostaria que não. Quando acabo e me volto, ele ainda escrutina seu reflexo, concentrado em sua simetria. É idiota, mas me sinto um tanto envergonhado. Volto para o meu quarto. Ele me segue. Ele vai pegar um cigarro, ele se enfia debaixo do lençol. Me pergunto se ele vai dormir pelado. Boto uma cueca e caio na cama. Estamos no escuro. Ele me diz que tem um filme pornô no celular dele. Ele me pergunta se eu quero ver. Digo que sim. O filme começa. Creio ter reconhecido Clara Morgam, mas como não tenho certeza, não digo nada. "Te incomoda se eu me...?" Sem me dar tempo de responder, ele começa a se masturbar. Resolvo fazer igual. Ele se levanta para ir pegar lenços de papel e um baseado já enrolado. A gente fuma e eu durmo, antes que o baseado chegue ao fim.

Volto às aulas. Avanço mais uma casa no jogo. Uma casa a menos. Volto àquela classe horrível. Os outros alunos parecem contentes consigo mesmos. Eu os invejo. Ando fumando de manhã, agora, antes das aulas. É um número que me cai bem. Por sorte, Flora está lá. Ela é deprimida também. Ela passou as férias em Nova York. Acho que os outros alunos não gostam muito dela. Flagrei uma conversa entre duas alunas da minha classe. Uma dizia: "Não, mas, vem cá, quem ela acha que é, daquele jeito, de salto alto e maquiagem?". E a outra respondia: "Além disso, parece que ela dá a torto e a direito". Elas julgam Flora como julgam a mim. Somos condenados logo de saída. Um monte de provas falsas. Me sento ao lado dela e fico pensando nas férias. Augustin. Com ele, tenho a impressão de ser adulto.

"Sacha, você sabe me dizer?"

A senhora Pontier fala comigo, e é claro que eu não sei sobre o quê. Não respondo nada. Ela continua, com sua voz calma:

"Quem sabe não era melhor você acordar, como a gente vem repetindo desde setembro."

Tenho vontade de dar uma porrada na cara dessa velha babaca, mas faço um ar de arrependimento. Um dia vou me vingar. Um dia ela vai ver, eles vão ver, todos.

Augustin e eu estamos num café. Sábado de sol. Ele me conta a história de sua tia que, depois de um acidente de carro, ficou surda. Ele conta que ela pedia todos os dias ao marido para botar música clássica. "Ela dizia que só os clássicos lhe devolveriam a audição." Um dia, o marido dela botou um outro CD. A tia de Augustin percebeu isso na cara do marido e se pôs a chorar. Ele perguntou por quê. Ela tinha entendido: ele não achava mais que ela pudesse voltar a ouvir. Ele não acreditava em milagres, ela acreditava na esperança. Augustin disse: "Se a esperança faz viver, faz morrer também".

A tia dele se matou uns meses depois. Voltamos cedo para minha casa. Ele dorme logo. Sua respiração me angustia. Nessa noite tenho medo, sem explicação. Impressão de estar morto. Preciso dormir. Olho o despertador, conto os minutos para não pensar que eles estão contados para mim. O medo sempre se dissipa depois de um tempo. Ele some por si só. Meus esforços para afastá-lo são inúteis. Tem alguém de fato atrás dessa porta? Me levanto e passo a tranca. Brinco de me meter medo. Todo mundo faz isso. É o prazer do medo. Esse prazer tão ligado ao que a gente sente quando pensa na morte. É por isso que um filme de terror só pode ser um filme sobre a morte. Durmo.

No mês de agosto, Paris está vazia. Minha mãe enviara um de seus assistentes para vir me pegar no aeroporto. Não lembro mais o nome desse sujeito, nem mesmo de onde eu vinha. O calor fazia tremer a pista de aterrissagem. Um garotinho mais novo que eu es-

tava com medo e sua mãe o tranquilizava, esse tremor era só miragem, uma ilusão, mas o moleque não acreditava: "Mas, mamãe, eu tô vendo a terra, ela treme". Por fim o avião pousou e a terra parou de tremer. Meu vizinho de poltrona era um homem idoso, quase careca, vestido como um jogador de golfe. Na hora em que o aparelho se estabilizou, ele se levantou para pegar a mala. No lugar em que suas mãos haviam descansado nos braços estofados de couro da poltrona, percebi vestígios de umidade. No começo, os braços guardavam a marca exata, o negativo de cada mão do idoso. Aos poucos, as bordas das impressões começaram a esvanescer. Ao cabo de alguns segundos, as marcas tinham desaparecido por completo. Tudo desaparece, no fim. Peguei minhas malas e apertei a mão do cara que veio me buscar. Não tinha muito trânsito na estrada, e no rádio um apresentador explicava que o momento do ano em que ocorriam mais furtos era no dia 15 de agosto, às 15h15. Chegamos rápido em Paris. A cidade estava deserta e quente. O assistente dirigia depressa e falava no celular.

De repente, um barulho. Como o de um objeto pesado que cai com violência no chão. O para-brisa trinca todo, fica opaco. Não consigo ver mais nada. Tudo flutua. Os airbags me jogam contra o encosto do assento. A buzina dispara e ninguém consegue silenciá-la. Não estou machucado, mas é o barulho que me dá medo. Olho para o assistente, cujo nome não sei. Ele sai do carro e grita para eu fazer o mesmo. Fora, o calor é tão insuportável quanto o ruído. Pessoas aparecem como por encanto. Ouço gritos: "É um garoto". "Meu Deus." "Chamem uma ambulância." Não é de mim que estão falando. Olho adiante. Prostrado no asfalto, um jovem parece dormir. Sua moto está deitada, ela também, a seu lado. Não consigo me mexer. O barulho, os gritos, o calor. Olho o jovem. Escorre sangue de seu crânio. O sangue fica preto quando se esparrama no asfalto. Penso nos vestígios do velho nos braços da poltrona do avião. Pessoas se aproximam do corpo. O sangue fica negro. Começo a correr. Não sei por quê. Preciso me afastar do barulho. Subo a rue de Rennes correndo. O assistente não percebe que eu saí. Eu choro. E penso: "O sangue é preto... quando tem asfalto... na pista... o sangue fica preto". Passo pela torre de Montparnasse. Continuo a correr. O chão me falta sob os pés. Sinto que estou caindo.

O sangue fica preto quando escorre no asfalto.

Uma festa em algum lugar no silêncio de uma cidade que dorme, que finge dormir. Estou na festa, na avenue Kléber. Um apartamento com assoalho de madeira, lustres, sofás caros. Toca a canção do Nirvana que eu curto muito, "Negative Creep". Me pergunto quem teria botado uma música dessas. A galera dança, se beija, fuma em todos os cantos. Vou perguntar para o Augustin de quem é a casa, mas um cara pega na mão dele e o leva dali. Não me sinto à vontade. Procuro o que sobrou para beber em cima do que deveria ser uma mesa, há poucas horas. Smirnoff e suco de laranja, solvente de esmalte e uns aromas de frutas. Procuro caras conhecidas. Zero. Não faz mal. Vou ter que arranjar algum jeito de preencher a noite. Uma garota passa ao meu lado, bêbada e nervosa. Ela derruba uma garrafa de pastis vazia. Voa caco de vidro pra todo lado, mas ela não reage. Ninguém reage. Procuro com o olhar os cacos de vidro sem intenção de catar nenhum. Meus olhos seguem esse caminho cintilante e pousam por fim sobre uma menina, sozinha, de sutiã, fumando no sofá. Seu rímel escorre. Ela deve ter minha idade. Ela é grotesca. *Daddy's little girl ain't a girl no more*. Eu me tranco no banheiro sem nenhuma razão. Alguém escreveu no espelho com batom: "É o fim". Sento na privada. Batem muito forte na porta e eu abro, por humanitarismo, sem dúvida. Uma garota entra. Ela deve ter perdido o equilíbrio numa garrafa de rosé. Ela começa a vomitar pra todo lado. Ela se inclina diante da privada e grita para eu segurar seu cabelo. Faço isso. O cabelo dela é pesado, gordurento, descolorido. Sua maquiagem está sofrível, lábios meio borrados, olhos muito negros e um pó colado na cara por causa do suor. Ela está histérica, ela sofre, ela chora. Tenho vontade de ir embora. As pessoas olham para ela, rindo, e ela torce as canelas em cima de alpargatas de salto muito alto, com seu jeans agarrado demais ao corpo. Fecho a porta. A garota bota tudo pra fora na minha frente, é um inferno. Ouço tocar "Song 2", do Blur. Largo o cabelo dela. Ela me segura com as mãos úmidas.

"Espera, por favor, fica."

Respondo: "Não, tenho que ir".

"Por favor, é meu aniversário, é a minha festa de aniversário."

É o aniversário da garota. Fico. Um fedor atroz domina o ambiente. Começo a vomitar, eu também. Não aguento mais e saio correndo. Vou embora do apartamento, desço a avenue Kléber enquanto a música desaparece. Paro diante da torre Eiffel, permanente, tranquilizante. Penso naquela garota que, mais tarde, vai sair do banheiro. Ela não vai encontrar mais ninguém no apartamento, vazio de almas e cheio de cinzeiros. Feliz aniversário.

Minha mãe me arruma lugares para uma pré-estreia. O filme tem cara de ser uma nulidade. Comédia picante sobre adultério. Augustin está comigo e parece embalado. Fumamos um pouco de maconha, daí, pé na estrada. Ele me diz que nunca vai

ao cinema sem estar chapado. Acredito. Chegamos na Champs-
-Élysées já decorada para o Natal.

Durmo durante o filme. Augustin também. No que a gente acorda, a sala está vazia. Tem uma festa num bar ao lado, e como temos fome e sede decidimos passar lá. Ficamos num canto ao lado dos frios e do champanhe. Somos muito mais jovens que as pessoas à nossa volta. Espero que isso não dê muito na vista. Uma mulher vem sentar ao nosso lado. Ela deve ter trinta e cinco anos. Ela não aparenta essa idade. Ela toma um martíni com uma azeitona dentro, o olhar mirando o vazio. Ela parece estar sozinha. Augustin e eu continuamos a falar. Ela nos interrompe para pedir um cigarro. Ela sorri para a gente. Dou-lhe um cigarro, que ela acende de olho grudado em mim. "Obrigada", diz ela, com uma voz um tanto sensual. Augustin continua a olhar para ela, e eis que a mulher se apresenta: "Me chamo Anita". Nós nos apresentamos, um de cada vez. Anita não trabalha. Ela se divorciou há dois anos. Ela gosta de pintura e design. Ela é bem bonita, elegante. Augustin paquera Anita. Eu acho isso ridículo. Tenho medo de que ela se zangue com isso, mas ela parece entrar no jogo. Ela sacode o cabelo, ela morde as unhas, ela ri cacarejando. Como uma adolescente. Uma adolescente mais segura de si e com mais atitude. A gente bebe um monte de champanhe. Por fim ela nos pergunta:

"Mas, digam lá, rapazes, que idade vocês têm?"

Augustin responde direto: "Acabei de fazer dezesseis anos e ele vai fazer logo mais".

Ainda bem que ele mentiu. Ela parece satisfeita, mesmo eu podendo jurar que ela não acredita na gente. Anita tem cara de quem levou uma vida louca. Ela morou em todo canto, ela conheceu todo mundo. No entanto, nessa noite, não tem ninguém para acompanhá-la. Ela diz que nos acha bonitos, que a gente a faz se lembrar de seus primeiros amores. Quanto mais ela fala, mais ela parece infeliz. Ele nos conta que não tem filhos e que está bem assim. Ela ri um pouco alto demais, o que soa falso. Ela apanha um guardanapo de papel e começa a mordê-lo. Não dá para dizer se ela vai rir ou chorar. Ela nos faz perguntas indiscretas, Augustin responde, ela se diverte. Já é uma e meia da madrugada. As pessoas vão embora da festa. Ela diz: "Posso acompanhar vocês no táxi, rapazes?".

A gente topa. Só na hora de me levantar eu percebo que estou completamente bêbado. Ando como um caranguejo, de lado, recolhendo as pinças. No carro, ela propõe que a gente vá beber a última na casa dela. Augustin aceita por nós dois. Eu acho que ela botou a mão na minha coxa. Não sei se é uma boa ideia.

O apartamento dela é fantástico. Dá para o Sena, de frente para o Louvre. O piso em madeira de coqueiro, móveis em tons claros. Não há quase nada.

"Vou pegar bebida, rapazes. Sintam-se em casa!"

Viro pro Augustin: "Tá começando a me dar no saco ela chamar a gente de rapazes o tempo todo!".

Ele acha graça: "Tem razão, mas ela é legal. E olha só que apê! Que vista!".

Anita acende umas velas e nos serve vinho tinto. Ela pergunta se a gente viu *O último tango em Paris*. Respondemos que não. Ela começa a dançar no meio da sala. Não tem música. Acho que essa fulana é completamente maluca. Sugiro botar música. Ela topa e sai de cena. Quando volta, nada de música, e eu me pergunto o que é que ela foi fazer.

Augustin diz: "Anita, a música, a senhora esqueceu...".

Ela corta: "Se você me chamar de senhora mais uma vez, querido, vai levar uma porrada!".

Ela ri. Ela levanta e bota a música. Não conheço. É meio velhusca. Devia ser um disco intimista e descolado dos anos 80. Algo assim. Não é ruim. Ela me convida para dançar. Recuso.

Augustin aceita. Anita exagera um pouco. Ela dança como uma cavalona. Ela tira o salto alto. Ela não é nada feia. Ela pede que eu me junte a eles. Me sinto um pouco idiota, sentado, assim, só olhando; dessa vez, porém, estou bêbado o suficiente para topar. Dançamos, os três, mas é ela quem nos guia. Dançamos para ela. Não tenho vontade de olhar Anita nos olhos, então eu olho a janela. Vejo o Sena, tranquilo naquela hora em que ninguém olha para o rio. Me sinto bem, meio zonzo, mas muito bem.

Logo serão quatro horas. Ainda bem que eu disse à minha mãe que dormiria na casa do Augustin. Estou esgotado. Augustin e Anita parecem em plena forma. Eles continuam a dançar.

Eu digo: "Já é muito tarde e a gente tem aula amanhã, Augustin...".

Anita me interrompe:

"Tem razão, eu é que sou louca de manter vocês acordados até tão tarde. Durmam aqui."

Não estou muito a fim de dormir ali.

Augustin responde: "Certeza que não vai te incomodar, Anita?".

Ela está nas nuvens: "Imagina! A gente vai ter que se apertar um pouco, mais nada!".

Noto que não tem sofá na sala e que só deve ter um quarto no apartamento. Tenho razão. Vamos para o quarto. A cama é imensa. Anita vai para o banheiro conjugado.

Sussurro pro Augustin: "Eu que não vou dormir do lado dela. Você fica no meio!".

Ele começa a se despir. Ele concorda. Ele tira a camiseta. Decido continuar com a minha. Ela volta de camisete e short.

"Quem dorme no meio?", ela pergunta com uma voz de menininha um tanto sinistra.

"Eu", responde Augustin se enfiando debaixo do lençol.

Estamos todos na cama. Ela liga a TV. Acho que Augustin e

Anita encostaram um no outro. Não quero pensar nisso. Tento dormir e acabo conseguindo.

Eles olham o sol e não entendem nada
Eles olham o céu, só lhes resta esperar
O vazio diante deles, como um monstro arreganhado
O vazio diante deles, ninguém escuta
O céu untuoso desbasta suas últimas nuvens cinzentas
Eles se dizem que tá bom, que enfim é noite
É na escuridão total que eles se sentem invencíveis
Eles temem o dia, eles não amam o visível
Quando a noite cai, finalmente, eles precisam se preparar.
Eles vão até o quarto, eles vão trazer o negror
Eles estão lá fora, e ninguém crê neles.
É que eles estão todos de luto, não se sabe bem por quê.

Quando acordo, Augustin dorme ao meu lado. Anita não está ali. Levanto. Acho que ainda estou meio bêbado. Vou para a sala. Ela está sentada à mesa, de frente para as janelas. Ela está tomando chá. Ainda não nasceu o dia. Ela nota a minha presença depois de um certo tempo.

"Ah, já levantou..."

Ela está mais bonita que ontem. Mais frágil, menos excitada. Me pergunto quantos já terão dormido na cama dela. Ela me oferece chá. Será que ela transou com Augustin?

"Não podemos sair muito tarde, temos aula às oito e meia."

Ela não me olha mais. Ela sorri passando a mão sobre o vapor que sobe da xícara. Vou acordar Augustin. Acho mesmo que é melhor ir embora. A gente se veste rápido. Na sala, Anita não saiu do lugar. Ela nos vê saindo do quarto.

"Vocês são tão bonitos. Me lembram meus primeiros amores..."

Acho que ela já nos disse isso ontem.

"Até logo. Obrigado por tudo."

Ela levanta e nos estreita em seus braços. A gente se manda rapidinho. Resolvemos ir a pé para a escola. Augustin parece mais zonzo que eu. Me dou conta de que estou sem meu material escolar. Não tem importância, de todo jeito eu nunca levo o que é preciso no dia certo. Tenho vontade de perguntar para o Augustin se ele transou com a Anita. Pergunto, e ele não me responde. Não pergunto de novo. Vamos tomar um café com cookies no Starbucks. Não falamos nada. Acho que ele não está se sentindo bem. Ele vai ao banheiro, e fica lá um tempão. Hora de ir pra escola. Nos separamos. Estamos esgotados. Entro na minha sala de aula e as pessoas me olham. Devo estar um pouco assustador de se ver. Vou me sentar sozinho no fundão. Preciso dormir. Não consigo rememorar a noite de ontem. Tudo me vem numa barafunda. A senhora Pontier nos fala sobre Voltaire. Não dormi o suficiente para conseguir acompanhar. Estou fedendo a álcool, cigarro e hormônios. Saio da sala no meio da aula, tenho que voltar para casa. Depois me justifico.

Resolvo apresentar Augustin a Dominique. Vamos tomar um café juntos. Começa a anoitecer. Augustin conta uma piada sobre um elefante e um chinês. Dominique ri, eu também, mesmo sem estar muito certo de ter entendido a piada. Dominique telefona a Rachel, que nos convida a ir à casa dela.

Rachel está só de sutiã e uma calça de moleton. Ela mora num casarão de dois andares com *bay windows* envidraçadas que dão para um lindo jardim. Há garrafas espalhadas pela mesa. Rachel nos pede licença e vai botar para dormir sua irmãzinha de cinco anos. Ela sai cambaleando em direção à escada e Dominique propõe que a gente beba depressa para não deixar a anfitriã sozinha naquele estado. Rachel desce e nos diz: "Ela deitou, mas disse que eu tô com um cheiro esquisito. Tô com medo que ela dê com a língua nos dentes quando meus pais chegarem...".

Ninguém comenta. Tá todo mundo cagando. Rachel se serve de mais vodca e começa a falar de sua amiga Claire, que ela encontrou no acampamento de férias e que foi internada, faz três dias, numa clínica psiquiátrica. Ela acaba dizendo que "os pais dela ficaram preocupados quando acharam Subutex no banheiro". Ninguém diz mais nada. Depois de um tempo, Augustin propõe jogar cartas para travarmos "uma batalha alcoólica". "A pessoa que tirar a carta menor tem que beber um copo." Me parece bem divertido. A gente bebe um monte. A gente fala de música. Alguém bota um CD. Eu digo a todos num murmúrio encharcado de álcool: "Que tesão". Nenhum comentário. Coma sonhador no sofá. Fazemos piadinhas para não dormir. Eu tô legal. Augustin aperta um baseado. Ele acende e o cheiro é bem forte. Vemos *Sens Aucun Doute* na TV. Assistimos à mãe que foi expulsa de casa pelo próprio filho. Rachel zapeia e no LCI vemos as notícias: um novo atentado suicida em Tel-Aviv, uma mulher cortada em pedaços em Mâcon, incêndio num orfanato na Carolina do Norte. Dominique esquentou uma pizza vegetariana com a massa ainda congelada e os legumes torrados. Rachel dá uma bronca nela. Augustin, vendo os despojos da jovem de Mâcon, diz num tom estranhamente calmo: "É engraçado, a gente tá cercado de ar... por toda parte... e, no entanto... tô sufocando...".

Dominique explode de rir. O irmão de Rachel tem uma cama grande. A gente resolve subir nela. Dominique fica de sutiã, e Augustin e eu de torso nu. Acendo um cigarro. Dominique diz algo que eu não ouço, daí ela repete: "Vocês podiam se beijar?".

Rachel acha engraçado. Entendo que o pedido foi para o Augustin e para mim. A gente se olha. Estamos muito loucos. Ele me sorri.

"O.k., mas só se vocês duas se beijarem depois", diz ele.

Elas concordam. Augustin aproxima seu rosto do meu. Sorrindo sempre. Acho que Dominique e Rachel transam às vezes. A cara dele está bem próxima. Talvez eu até tenha escutado as duas transando uma vez. Não sabia ainda que cheiro ele tinha.

Armo os lábios e me lembro do que ele dissera um pouco antes. Tem ar por todo lado. Ar por todo lado, e a gente sufoca. Ele me beija. Eu sufoco. Silêncio. Longo silêncio, depois uma vertigem igualmente longa. Em algum lugar trovejam risos entusiasmados. Mas é o silêncio. Augustin e eu, a gente não está mais nesta cama, a gente não está mais em lugar nenhum. Pouco a pouco os sentidos retornam, ao mesmo tempo que a consciência. O rosto dele está lá, na minha frente. Estou sem ar e sinto o tapinha de Dominique no meu ombro. Ela ri e resolve beijar Rachel. Augustin me olha fixo e eu não sei mais se ele está feliz, espantado ou só bêbado. Não quero olhar pra mais nada além da cara dele. Não consigo me impedir de pensar no ar que nos sufoca e que nos separa. O ar entre ele e mim. Mais tarde, dormimos todos, uns sobre os outros.

Meu telefone toca. Papai no celular. Se eu não responder, ele vai ficar me enchendo o saco.

"Alô."

"Querido, é o papai."

"Ah, pai!", eu falo, como se surpreso por escutá-lo. "Tudo bem?"

"Bem, bem. Escuta, tenho dois ingressos pro circo, hoje à noite... o circo de Moscou. Quer ir? Vou com a Joséphine."

Faço o cálculo: se eu encontrasse com ele, poderia ficar sem vê-lo por três semanas. Mas circo com meu pai e minha irmã é dose. Ele saca que eu vacilo, então me diz com uma voz desencantada: "Pode levar um amigo, se quiser...".

"Tá bom, vou convidar alguém. A que horas...?"

"Te pego às oito."

Augustin topa me acompanhar.

Uma meia hora mais tarde, meu pai liga para eu descer.

Augustin já está na rua. Meu pai chega no mesmo instante. Sincronia perfeita. Entramos no carro. Meu pai se mostra glacial, como de hábito. Augustin não se sente à vontade. Minha irmã conversa um pouco com ele. Quando a gente chega no circo, me dou conta de que sempre detestei esse negócio. O espetáculo é chato de doer. Augustin curte porque a garota ao nosso lado é atriz do Julie Lescault. No intervalo, vamos os dois aos banheiros químicos. Sinto que ele quer me dizer alguma coisa, ele tem um ar concentrado. Ele entra numa das cabines enquanto eu lavo as mãos. Ao sair, ele se dirige às pias e me olha pelo espelho. E diz: "Fiquei pensando naquele sábado à noite".

Ele mira meu reflexo. Eu respondo: "Ah, é?".

Ele agora dá as costas aos espelhos. Ele não me olha mais. Diz:

"Você não?"

Ele brinca com um pedregulho no chão. O pedregulho acaba indo para baixo de uma cabine. Eu digo: "É, talvez".

Ele cospe na pia. Ele tira seu maço de cigarros.

"Será que pode fumar aqui?"

Digo que não sei. Ele acende o cigarro. E diz: "Foi legal, no sábado".

Concentro minha atenção no laço desfeito do cadarço do tênis dele. Não sei na verdade o que responder. Entendo o que ele quer dizer. Sempre entendo o que ele quer dizer. Falo: "É, foi legal, sábado".

Ele me olha direto nos olhos e eu não me incomodo com isso. Ele dá uma tragada e seu rosto desaparece atrás da fumaça. Aqueles olhos negros capazes de me refletir mesmo na noite mais opaca. Ele fala baixinho: "Foi legal mesmo, sábado. Pode ser ainda mais".

Debaixo da lona do circo, onde ouvimos os trompetes chamando os espectadores, duas crianças não conseguem desgrudar os olhos uma da outra.

* * *

Estamos na minha sacada encolhidos nas *chaises longues* porque o sol parece uma bola de gelo. Não entendo por que estamos aqui. Faz tanto frio. Mas não poderíamos ter ido a nenhum outro lugar. A cidade estagnou, nada se move, como se ninguém mais estivesse vivo, fora a gente. Do outro lado da rua, de uma água-furtada, vem uma música do Pink Floyd. "Echoes", eu acho. É noite. Uma dessas noites glaciais, límpidas, que a lua atravessa e torna transparentes. Estou de cueca e uma camiseta branca grande demais. Ele está de torso nu. Nossas bocas soltam fumaça desenhando formas que desaparecem no frio. Tremo. Ele vê isso. Ele me esfrega as pernas e a música continua. Ele me beija. Ele fuma e meus olhos ardem. Estou cego. Ele pousa as mãos sobre minhas pálpebras no instante em que a canção para e me diz baixinho, como um sopro: "Pra começo de conversa, não finja que não estamos fazendo nada".

De repente, na imensidão silenciosa da cidade, escutamos um grito. Augustin tira as mãos de mim, e, no entanto, eu as preservo em meus olhos fechados. Não escuto nada além do barulho de seus lábios. Me lembro que "Echoes" para no meio para que se façam ouvir os ruídos do inferno. Os gritos recomeçam, mais numerosos, como alarmes, como facas. Olho para a água-furtada. Já não há ninguém. O lugar inteiro parece estar vazio. Augustin me passa um cigarro já quase no fim. Não consigo pegá-lo. Deixo cair na minha perna. Sinto a queimadura. Não tanto no começo, mas depois vai num crescendo. Mais um grito. Aperto minha coxa. Não consigo me mexer. Augustin deitou entre as minhas pernas. A cabeça dele no meu peito. A música recomeça. Docemente. Ele abaixa a minha cueca. *Não finja que não estamos fazendo nada*. Urge encontrar o lugar entre o prazer e a realidade. Devo ter acendido outro cigarro, pois sai de novo fumaça da minha boca. Talvez seja o frio. Não sei mais. *Derrapagem controlada*. Tenho dificuldade para respirar. As guitarras berram para eu não reagir. Preciso me concentrar na música. As mãos dele pousam nas minhas coxas. Nas minhas ancas. Na minha barriga. Tenho arrepios, teso e adormecido. Transpiro, ardo. Quase rio, quando gostaria é de chorar. O baterista toca no ritmo do meu coração. No ritmo da nossa respiração. Sincro. Tudo é sincro. Sua língua lambe com vagar. Ele levanta, eu continuo sentado e deixo meu Marlboro cair no chão. Os Pink Floyd voltaram a cantar. Isso me alivia. Amo o silêncio tanto quanto ele me dá medo. Estou chupando o Augustin. A canção agoniza. De novo, não ouvimos mais nada. Ele goza no meu ombro. Eu, sobre a perna dele. A música morreu. Nossos corpos soltam fumaça, literalmente. Não podemos mais respirar.

Queria ouvir outra vez essa música. Preciso ouvir outra vez essa música, de novo, de novo, sempre. Essas guitarras elétricas... espero ouvi-las de novo, toda vez. Esse solo, esses gritos... quanto mais eu me abandonar, mais afundarei, mais o acorde se prolongará.

Meu pai e minha irmã já desceram. Eu os vejo pela janela. Eles pegam um bronze perto da piscina, eles tentam pelo menos. Boto minha sunga e penso em Augustin que deve estar se divertindo em Paris e me seguro para não ouvir "Echoes". Resolvo fumar um cigarro. Toco a marca deixada pelo cigarro de Augustin já faz três semanas. Desço. Em volta da piscina há três amigos do meu pai. Não gosto deles. Eles são gordos, vulgares e ricos. Eles gritam para dizer bom-dia, eles cantam para dizer até logo. Mesmo imóveis sob o sol, eles continuam barulhentos. Tem essa loira pentelha que não para de me dizer que ela adora meu irmão. Todos dizem isso, que eles adoram Aurélien. Eles acham que sou filho ilegítimo. Deve ser verdade. Eu não sorrio para as pessoas, essa é minha única arma. Meu pai diz: "Ainda com essa cara? Seja um pouco mais simpático...".

Pergunto onde está o protetor trinta porque na sacola só tem o vinte.

"Você sabe muito bem que a gente não passa trinta", ele me diz.

Tenho, pois, que escolher entre ficar à sombra ou então me queimar. Me instalo em minha *chaise* com meu iPod e me pedem para abaixar o volume. Só que a música é meu último bastião contra essa gente que me cerca. São trincheiras de três minutos e 52 segundos, de seis minutos e três segundos, quatro minutos e 33. Pausas que se encadeiam até a hora que alguém vem me tirar do meu universo sonoro para me conduzir à beira da piscina. Ouço The Cure: "Play for today".

It's not a case of doing what's right
It's just the way I feel that matters
Tell me I'm wrong I don't really care

Os filhos dos amigos do meu pai circulam em torno da piscina. Suas discussões às vezes encobrem a música. Eu os observo. Eles estão longe de mim. Sou eu que estabeleço essa distância. Eles vêm de vez em quando pedir dinheiro ou qualquer outra coisa aos pais. Meu pai me pergunta por que eu não vou "brincar com eles".

Vamos almoçar às duas horas. Há um bufê com kaftas gordurosas, legumes sem molho e, à mesa conosco, homens gordurosos e mulheres untuosas. Elas todas se parecem. Maiô Dior turquesa, sandálias de salto e cabelos que fedem a perfume caro. Os homens vestem todos camisas polo Ralph Lauren, o mesmo celular Motorola, o mesmo calção de banho Vilebrequin. A filha do rei me pergunta por que eu não vou almoçar com os garotos. É um assédio. Meu pai responde que eu adoraria ir. Não tenho nem a força nem a coragem de dizer o que quer que seja, então me levanto. Chego à mesa, os garotos se calam, me olham.

"O Sacha vai almoçar com vocês, o.k.?"

Ela sai. Eu sorrio. Um cachorro na vitrine de uma loja de animais de estimação que tenta se vender apresentando uma cara afável. Eles devem achar que eu pedi ao meu pai pra ser apresentado, por timidez da minha parte. Tenho vontade de vomitar.

"Oi, Sacha. Tudo bem?"

É o filho da princesa que me fala. Ele se chama Josh, tem um ano a menos que eu.

"Tudo bem, obrigado", digo eu.

"Não precisa me dizer 'obrigado'!", ele responde. Seus amigos tiram sarro, e o pior é que eu ainda me justifico: "Estava só agradecendo a você, a todos aqui".

Ele acham mais graça ainda. Tiram com a minha cara. Vontade de morrer. Continuo: "Desculpe, como é que você se chama?".

Josh responde: "Josh, mas não precisa ficar se desculpando".

Eles continuam tirando sarro, e eu retruco: "Você é meio grosso, não?".

Eles param.

"Pirô."

Um deles emenda: "Já faz dez anos que você vem aqui. Sabe o nome de todo mundo, não vem dando uma de superior".

Me espreguiço e devolvo, seco, que sinto muito, mas não me lembro de tê-los visto antes.

Eles se apresentam um a um e no ato já esqueço seus nomes. Menor vontade de fazer algum esforço. Daí, eles me fazem perguntas, nessa ordem: "Em que escola você estuda?".

"Onde você mora?"

"Que música você gosta de ouvir?"

"O que você quer fazer mais tarde?"

É realmente de vomitar. Respondo na mesma ordem:

"Escola de Lorraine."

"No Sixième."

"Não sei."

"Não sei."

Eles se ocupam mais analisando minhas respostas do que eu quando as formulei. Por delicadeza, faço a eles as mesmas perguntas. Eles são seis. Suas respostas são:

"Lubeck, Passy, Notre-Dame de Neully, Fidès."

"No Seizième, Neully."

"House."

"Administração."

Vou ao banheiro. Tento vomitar. Não consigo. Sento na privada. Fico um tempão fechado ali na cabine. Alguém entra na privada ao lado. Isso me enoja. Saio da cabine. Olho no espelho me perguntando se pareço de fato com Josh e seus camaradas. Quando eles me veem de volta, perguntam-me, tirando um sarro com suas vozes galhofeiras, por que demorei tanto. Não aguento mais.

"Ah, é complicado."

Eles tiram sarro e me dizem: "Tá bom, pode pular os detalhes!".

Prossigo, sério: "Não é isso, não. Não posso dizer o que é".

Um cara muito bronzeado de camiseta Abercrombie and Fitch me diz: "Tudo bem, você tá só meio doente, não é grave, isso acontece com todo mundo, sabe!".

Eles riem. Eu não. Um lá pergunta: "Você tá doidão?".

Todos os olhares fixados em mim agora. Continuo no jogo fazendo o melhor possível: "Ahn... Não queria chocar ninguém. Foi mal, eu deveria ter...".

Dou uma fungada, assoo o nariz, pareço ligadão.

"Você não devia usar isso. É uma grande merda", diz Josh com um ar solene que me irrita.

"Tem razão, e é por isso que a gente manda ver no banheiro. O fato, Josh, é que as minhas férias aqui me dão vontade de me matar, e a droga me ajuda a passar o tempo."

É a hora mais agradável das minhas férias. Eu devia dizer a eles que estou mentindo, mas não posso recuar. Além disso, vão provavelmente contar tudo para os pais deles e eu acho isso genial. De todo jeito, cocaína à parte, estou dizendo a verdade. Ninguém quer saber a verdade sobre ninguém. A prova é que não me dirigem mais a palavra e passam a falar entre eles. Todos parecem perturbados. Eles fingem rir. Estraguei o jantar deles. Eles falam de uma garota "muito gostosa que tem uns peitos enormes".

Quanto a mim, olho a piscina. Água azul. Tem tanto cloro nessa água, nada consegue sobreviver ali. É por isso que os professores de natação passam o tempo a catar as moscas e rãs mortas que vêm à tona. Sabe lá o que aconteceria a alguém que passasse muito tempo nessa água. O inferno pode assumir todas as formas. *Wait for something to happen*.

Volto a me esticar ao sol, e, quando meu pai aparece, me pergunta com muita calma e muito sério se eu me drogo.

"Ah, sim, pai. Mas prometi parar depois das férias."

Ele me olha, ele entendeu.

"Todo mundo no hotel acha que você usa cocaína. Francamente, você é idiota ou o quê?"

Ponho meus óculos escuros e não tiro meus fones de ouvido.

"Isso não me impede de gostar da ideia, bem que ia apimentar as minhas férias. Já viu como eu sou idiota, só espero que agora você pare de querer me apresentar às pessoas."

"Você me leva ao desespero, Sacha. Nunca está contente. Qual é o seu problema?"

Tiro os fones de ouvido e começo a gritar: "No momento, meu problema é você, pai".

Ele fica furioso, mas não diz nada. Tem muita gente por perto. Decido ouvir "Teardrop", do Massive Atack, e seleciono o repeat. Minha irmã sai pra aula de equitação. Devem ser quatro horas. Ela monta desde sempre. As pessoas que gostam de cavalo são bizarras. Acabam todas se parecendo com cavalos. É a minha teoria da hora. Mais tarde vou jogar squash com meu pai. Não sei se vou ganhar, aliás, nem sei se se contam os pontos. Voltamos para o quarto. Meu pai pede chá de menta. Vamos beber no terraço. Como sempre, ele acha seu chá muito açucarado. À nossa frente, vemos, pra começar, a piscina, com os últimos banhistas que se abandonam na água, e, daí, os jardins, organizados, pouco naturais. Não falamos nada. É preciso ir mais longe, ultrapassar os jardins do La Mamounia. É preciso olhar a Palmeraie, selvagem, e daí, muito mais além, o Atlas, como um paraíso perdido e inacessível.* Meu pai trauteia uma melodia. Acho que é uma canção de Cesária Évora, "Saudade". Trocamos um olhar furtivo e eu pressinto que ele quer me dizer alguma coisa, mas desiste, já desistiu havia muito tempo. Ele pousa seu copo e entra no quarto.

Eu tinha descido às nove horas naquela manhã. Tempo bom, mas frio. Meu pai me esperava no carro. Ele estava com seus óculos escuros, que ele não tirava nunca, me impedindo de ver seus olhos. Entrei no carro, dei um beijo nele. Ir à casa de campo do velho era uma provação para mim. Ele sabia, e isso o incomodava. Meu meio-irmão e minha meia-irmã nos esperavam lá, eles tinham viajado na véspera. Meu pai aumentou o volume do rádio para encobrir o silêncio. Quando saímos de Paris, vi que a gente não seguia pelo caminho habitual. Imaginei que ele temesse engarrafamentos ou quisesse testar um novo itinerário. Por fim, chegamos diante das grades de um cemitério. Enormes grades negras. Apenas barras. Ele desligou o carro e continuou a olhar para frente. Depois, ao cabo de alguns segundos, me disse: "Queria que você me acompanhasse". Eu não respondi nada, e ele emendou: "Queria que você me acompanhasse ao cemitério. Faz vinte e cinco anos que o meu

* La Mamounia é o luxuoso hotel em Marrakech, no Marrocos, em que estão hospedados. Palmeraie é um oásis de palmeiras perto dali. Atlas é uma cadeia montanhosa também no Marrocos. (N. T.)

pai morreu". A voz dele não parecia mais sinistra que de hábito, só um pouco mais grave. Saímos do carro, ele foi buscar um buquê de flores no porta-malas e nós passamos pela enorme grade de ferro fundido. Todos os túmulos eram idênticos. Perfeitamente idênticos. Paramos diante de um túmulo nem mais cinza nem mais anônimo que os demais. Ele pôs um quipá na minha cabeça e outro na dele. Ele depositou solenemente o buquê sobre o mármore. Não sei por quanto tempo ficamos diante daquele túmulo, sem dizer nada, sem nos olharmos. Sem nos vermos. Por fim, meu pai tirou seu quipá, e eu quis fazer a mesma coisa, mas o meu tinha caído sem eu me dar conta. No carro, depois de alguns minutos, meu pai ligou de novo o rádio. Eu tinha onze anos.

Estou de jeans apertado Levis e camiseta vermelha, e meu pai pergunta por que eu nunca uso camisa. Jantamos no restaurante italiano. O que era para ser uma refeição em família vira um jantar mundano. Juntamos as mesas, devemos ser uns vinte. Os garotos são os mesmos do almoço. Dessa vez eles me olham incomodados, do mesmo jeito que seus pais. Eles olham para o meu pai e minha irmã demonstrando compaixão. Uma das mulheres à mesa, sentindo a tensão, diz com sua voz doce:

"Antoine, é só a adolescência. Sacha, faça uma forcinha, seja bem-educado com seu pai."

Eu olho pra ela com tal desprezo que a obrigo a desviar os olhos. Tenho uma visão, um sonho. No sonho, eu começaria tirando uma dose de heroína do bolso. Eu a injetaria em meu braço fazendo uma careta monstruosa. Eu quebraria todas as travessas da mesa, todos os pratos e todos os copos. Em vez disso, peço macarrão à carbonara e uma coca light.

Mais tarde, irei sozinho até o bar do hotel. Gostaria que alguém me encontrasse lá. Fumarei cigarros fazendo ar de mistério. Gostaria que viessem me buscar. Na minha cabeça, sempre tem alguém que vem me tirar do meu isolamento. Ninguém virá. Nunca tem ninguém nos bares de hotel.

Serpentinas, champanhe, meu pai e minha irmã dançam em câmera lenta. A solidão gruda em mim, ela é palpável, ela mantém as pessoas à distância. Os jovens da minha idade se divertem. Não há muitas garotas. Vou para o jardim. Vapores de calor sobem da piscina. Tenho a impressão de estar num cenário de filme de horror. Prefiro passar medo aqui a me entediar lá dentro. Às onze da noite (fuso horário), recebo um torpedo do Augustin: "*Happy fucking new year*".

"Não tem umas horas em que você tem vontade de se mandar?"

Augustin me pergunta isso enquanto comemos um sanduíche na ponte cujo nome não sei. Ele olha o Sena. Quero dizer a ele que sim, que essa ideia me obceca. Partir. Todo mundo quer fugir aos catorze anos, né? Respondo que gostaria de fugir e voltar todos os domingos. Ele me tira um sarro e diz que eu não sou lá muito corajoso. Ele tira um baseado. Eu entendo por que ele fuma. É sua fuga, e como eu não quero que ele parta sem mim, resolvo fumar, eu também.

"Se é pra ir, vamos os dois, hein?", eu digo pra ele.

Ele me agarra um ombro e responde: "Claro. Você e eu com o pé na estrada, ia ser do caralho!".

Ele me passa o baseado e continua: "Vamos nessa um dia".

Eu olho direto nos olhos dele: "Promete?".

Hoje, discretamente, joguei meu chiclete no chão da sinagoga. Falta de sorte, viram. Os outros alunos fizeram um movimento de recuo, como seu eu tivesse feito a saudação nazista. É nessas horas que eu me arrependo de ter aceitado fazer meu bar mitzvah. Vale dizer que meu pai orquestrou uma propaganda gigantesca desde que atingi a idade de ir à sinagoga. O rabino agarra meu punho com violência e se põe a gritar: "Onde você acha que está? Malcriado!".

Uma das mães que acompanham seus filhos diz para a outra: "Não é possível uma coisa dessas! Que vergonha! Veja só, é o filho do... Coitado...".

O rabino me repreende: "Faz seis meses que você chega toda vez meia hora atrasado! Quem você acha que é?".

Ele pode berrar o quanto quiser, tô cagando. Rabinos levam jeito de professores disfarçados de messias, ou o inverso. Quase me dá vontade de dizer isso pra ele, e, aliás, eu bem poderia, pois meu pai fez tantas doações para essa sinagoga que eles não podem me chutar. Faço cara de mau pra ele, o que o enerva ainda mais. Ele se põe, então, a gritar: "Agora pega! Pega!".

Eu me pergunto se posso fazer meu bar mitzvah sem Torá e Talmude. Não sei por que fui aceitar. Talvez por meu pai, talvez pelos presentes. Foi uma ideia de jerico. O rabino me manda de volta pra casa. Chove lá fora e faz muito frio. Ligo para o Augustin. Ele parece chapadão e isso me deixa com vontade. Pergunto se posso passar na casa dele.

"Claro", ele responde. "Além do quê, meus pais vão estar fora esta noite."

Chego na casa dele. Conversamos uns minutos. Ele aperta dois baseados e depois não sei de mais nada. Vamos deitar na cama da mãe dele. À medida que o dia vai acabando, o quarto se torna cada vez mais alaranjado. É de imaginar que a chuva parou. É quando o sol se mostra como que nos prometendo voltar amanhã. Escuto a respiração do Augustin. Ergo a cabeça. Nossos corpos se misturam, se cruzam, se entrechocam na cama. O sol poente filtrado pela vidraça cintila nos cabelos de Augustin. De fora nos chega o barulho dos carros. Ele se ergue e senta na cama. Ele cata alguma coisa do chão, depois se endireita, de olhos tão vermelhos quanto o sol na frente dele. Ele olha o sol. Eu não consigo nunca olhar alguém nos olhos.

O boulevard sujo onde caminham os jovens de olhos avermelhados. Independência, mãos nos bolsos. Quando forem dormir, será dia. Quando a noite cair, já estaremos longe. O vento sopra. Os jovens de olhos avermelhados estancaram. Eles contemplam o céu com angústia. Por um instante, podemos sentir o peso do mundo sobre os ombros. O peso enorme do mundo. Na hora em que tudo se torna mais sombrio é preciso olharmo-nos rapidamentre cara a cara. Os jovens voltam a caminhar, zumbis langorosos, preguiçosos e fúteis, sobre o boulevard das esperanças encardidas. Crivadas de infortúnios, suas retinas guardam as marcas do espetáculo da dor. O vento já não sopra e o sol se apaga. Os jovens enlouquecem, incontroláveis, mais selvagens até, quase robóticos. E nessa escuridão orbital, na hora em que tudo é permitido e o sol não está lá para julgá-los, os zumbis cospem nas estrelas que passam, que só fazem o que lhes dá na telha, e que, no entanto, são as donas do nosso destino.

Ele masca um chiclete Malabar rosa. Ele faz bolas. A cada bola que explode, me bate um sentimento de decepção. A TV está ligada. Sempre é assim quando estou com ele. Saída de emergência. Passa um clipe. Depois outro. E mais um. Nada faz sentido. Ele mira o teto, como se pudesse ver imagens ali. Nossos corpos entrelaçados. Lembro de uma reportagem sobre a guerra do Vietnã. Um monte de corpos. Não travamos, porém, nenhuma batalha. Somos arrogantes ao ponto de desafiar a vida nos consumindo cada dia um pouco mais. Nós. Nós fazemos amor ouvindo música. Nós respiramos como a música, como quem canta. Nós dançamos como nós gozamos. E isso dura, isso nos transporta... Ele levanta, volta com uma máquina fotográfica. Clique. O flash é como uma bomba. Ele ri, depois torna a deitar. Os veículos continuam sua marcha louca pela cidade.

Os jovens de olhos vermelhos seguem as placas, eles partem pelas estradas, sem mapa, sem bússola. Começa a chover, eles começam a chorar, e no chão não se consegue distinguir os pingos de suas lágrimas. Eles procuram a luz. A luz, taí uma coisa que não se acha. De repente, neons se acendem, de todas as cores, e agora eles sentem falta da obscuridade. Agora eles podem ver por onde andam, e é pior assim. Diante deles, montanhas de corpos. Alguns ainda se mexem. É impossível fazer uma ideia de milhões de corpos mortos. É algo que ultrapassa o entendimento. Os jovens de olhos avermelhados gritam. Eles sabem que estão feridos. A questão para eles agora é conseguir se curar. Eles compreendem: basta fechar os olhos. Basta deixar de olhar em volta. Furar os olhos ao retornar ao boulevard sujo. Os jovens fizeram sua escolha, eles fecham os olhos e tudo se torna mais calmo.

Fecho os olhos por um longo tempo, depois volto a abrir. Tudo é alaranjado, como num sonho, e eu resolvo fechar os olhos de uma vez por todas.

Noite dessas, vejo de novo Clara. *Clara*, criatura loira, de pernas longas e ventre um pouco rotundo. Gosto dessa presilha que segura de forma negligente uma mecha de seus cabelos. Ela entorta a cabeça, langorosa e distraída, e a luz das reverberações nas janelas do apartamento se refletem sobre seu pescoço úmido. Ela tenta cantar no ritmo da canção, mas não conhece direito a letra, ela sempre perde o passo. Eu avanço em sua direção, seguro de mim, um pouco bêbado. Eu danço na frente dela. Caiu uma das alças de seu vestido de seda violeta. Sobre suas mãos de estudante escolar, inscrito em letras negras: *Lolita*. Não consigo resistir. Uma música algo tribal. Movimentos de quadris. Pra esquerda, pra direita. Um pêndulo que me hipnotiza. Os olhos dela são verdes. Ela não dança comigo, ela dança para mim. Ela só se mexe sob o meu olhar. Se eu desviasse os olhos, ela pararia. Eu seguro os ombros dela. Ao contato das minhas mãos, sinto o corpinho dela tensionar. Ela continua se mexendo. Pego sua cabeça, ela me enlaça. Sinto suas mãos agarrando minhas omoplatas. Minha língua se enfia no fundo de sua boca quente. E as caixas de som difundem os *buum* e os *clac*, os *padam pa puum*, os *bip, ric a tcha a a*. A festa desaparece à medida que eu avanço nesse território cada vez menos desconhecido. Passo a mão nos cabelos dela e a presilha cai. Ela não pega. Madonna canta, é um remix de “Erotica”.

Erotic... erotic... put your hands all over my body.

Não consigo entender como a gente veio parar nesse quarto, tão vazio de pessoas, tão cheio de sobretudos. O vestiário da festa. Os bastidores. Ela diz: “E se alguém entrar?”. Sou incapaz de escutá-la. Me contento em bater a porta e, daí, deitá-la na cama recoberta de sobretudos. É um oceano de tecido cheirando a tabaco e perfume. Ouvimos: *I’m not gonna hurt you*... Eu agarro o pescoço dela, mordo-lhe os lábios... *just close your eyes*... Ela ataca as minhas orelhas. Ela me diz que se chama Clara. Eu respondo: “Não, essa noite você se chama Lolita”. Ela não ouve. Nossa respiração está tão forte que quase encobre a música. Não quero que ela tire as botas. Ela me arranca a camiseta com brutalidade e joga longe. Fecho os olhos. Abro os botões da minha calça. Abro os olhos. O vestido dela descansa ao meu lado. Ela pega minha mão, bota em seu sexo. O calor que ela desprende me dá a impressão de ser líquido. Não consigo desatar o fecho do sutiã, ela me ajuda. Estou frustrado de não ter protagonizado meu papel de Don Juan até o fim. Ela diz baixinho: “Você precisa pôr a... Melhor a gente se proteger um pouco...”. Revisto a montanha de sobretudos enquanto continuo a sondar as profundezas da minha bonequinha linda. Acabo encontrando uma carteira. Tem dinheiro, mas eu fico com o látex. Daí, tudo fica desfocado. Eu boto as pernas dela em cima dos meus ombros. Acho que ela me ama. Isso não tem a menor importância. Quando o prazer é tão forte, a gente se vê na obrigação de ser egoísta. E é aí que tudo começa:

Eu entro, eu saio.
Eu entro, eu saio.
Eu entro, eu saio.
Eu entro, eu saio.
Eu entro, eu saio.
Eu entro, eu saio.
Eu entro, eu saio.
Eu entro, eu saio.
Eu entro, eu saio.
Eu entro, eu saio.
Eu entro, eu saio.
Eu entro, eu saio.
Eu entro, eu saio.

Etc. E assim por diante. *Minha libido ad libitum.*

Uma dança maravilhosa, um balé perfeito. Uma coreografia que eu trago comigo desde sempre.

Daí vem a última descarga. A que faz gritar. Meu grito me surpreende. Ela geme também. Os vaivéns se tornam mais lentos. Por fim saio. Estamos ambos sem jeito, ainda bêbados. A gente se veste de novo, desengonçados. Não sei se isso durou muito tempo. Ela age como se tivesse feito isso centenas de vezes. Vejo que ela treme um pouco, e isso me toca. Adoraria perguntar-lhe se foi sua primeira vez, mas me dá um medão de que ela responda que sim, e receio que ela diga que não. Me sento ao lado dela. Quero encontrá-la outra vez. Passo pra ela meu número e me dá um alívio vê-la sorrir.

Minha mãe vai viajar no fim de semana. Conto isso pro Augustin, que me responde: "Posso me mudar, então, pra sua casa?". Na sexta à noite a gente aluga *Top Gun* e pega uns sandubas no McDonald's. O filme não é lá grande coisa. Ele abre uma garrafa de uísque. "Alcoólatra", digo pra ele. "Olha quem fala!" Dou risada. Depois do filme, resolvemos tomar um banho porque o cabelo dele está sujo. Botamos o disco do Jeff Buckley antes de entrar na água quente. Ele apertou um baseado. Pouso meu pé na borda da banheira e gotas caem nas lajotas, regularmente.

Olho pra ele. É como se eu encarasse minha própria juventude. Ele me passa o baseado. Ouvi falar que uma das cenas mais eróticas do cinema é uma com o Robert Redford lavando o cabelo da Meryl Streep em *Out of Africa*.

No entanto, eu, deitado naquela banheira, não consigo me impedir de pensar em Loana e Jean-Édouard trepando na piscina do loft.* Falo pra ele: "Se lembra da Loana?".

* Cena famosa do primeiro reality show da televisão francesa, o *Loft Story 1*, de 2001. (N. T.)

Ele acorda um pouco, ele sorri: "Ela era gostosa".

Ele faz uma pausa: "Ela era monstruosamente gostosa".

Outra pausa: "Ela era monstruosa".

Já não me lembro por que a gente tinha que tomar banho. Penso em Clara. Digo a ele que gostaria de vê-la de novo, e ele responde: "É um tesão, né?".

Não entendo do que ele está falando. Ele percebe e explica: "Trepar, pô!".

Acho graça: "É... é um tesão, mesmo... Do caralho".

Ele diz algo sobre uma garota com quem ficou no ano passado, daí para de falar, antes de concluir: "É verdade, é bom mesmo".

Sei que a gente deve ir a um lugar aí. Saio da água e ele me imita. Ele se posta diante do espelho do banheiro. Ele olha fixo pro espelho. Tem algo de assustador no olhar dele. Pode-se dizer que ele está desafiando a si mesmo. Sem deixar de se olhar, ele diz: "Essa noite, que se foda, quero trepar".

Ele não trouxe roupa, ele pede emprestado as minhas. No táxi, ele me explica que um de seus melhores amigos está organizando uma festa no Panic e é pra lá que a gente vai. Rachel liga pra me esculhambar pelo atraso, mas não entendo do que ela está falando, não me lembro de ter marcado nenhum encontro com ela. Acho que ela está chapada. Ela diz que está me esperando há uma hora junto com Quentin na frente do Pizza Pino da Champs-Élysées. Vamos lá encontrá-los. Eles estão com fome e a gente entra no restaurante.

É meia-noite. Augustin aperta um baseado na cara do garçom, que não diz nada. Eu bebo minha sétima taça de vinho, Rachel passa um protetor nos lábios a cada três minutos, e Quentin observa com ar de repulsa um perneta que come um prato de macarrão com queijo. Ninguém tem fome, mas ninguém quer ir embora. Peço ao Quentin pra parar de olhar para o perneta, e ele responde: "o.k.", mas não para.

"Que louco que aqui ainda tá aberto", diz Rachel.

"Louco mesmo", responde Augustin, que aperta sem motivo um segundo baseado.

"Você acha que tem freguesia? Quer dizer, será que tem gente que come pizza de madrugada?", pergunta Rachel, queimando o guardanapo de papel com a ponta do cigarro. Quentin, que não prestou atenção, responde: "Tô ligado no que vocês estão falando", e ninguém mais fala nada, porque a gente não sabe a quem ele se dirige nem do que se trata. Depois de uma hora, nenhum de nós pediu comida, e a gente sai do restaurante.

Imagino que estou no Panic. Na verdade, não estou no Panic, mas no Scream. Não sei se não deixaram a gente entrar no Panic. Impressão de despertar. Estou de pé, no meio da pista de dança. Não reconheço ninguém. Vejo um cara sozinho com quem eu cruzo por aí de vez em quando, o Pierre. Ele está sentado à mesa principal. Ele me convida para sentar com ele, e eu já tinha me esquecido de com quem eu tinha chegado. Um garçom imenso com um topete em crista e uma barba de três dias me detém. Ele quer saber aonde eu vou. Uma garota completamente bêbada começa a gritar: "Estamos no paraíso!". Pierre pega a minha mão e me faz sentar à sua mesa. Eu bebo alguns copos para acordar. De repente, todo mundo se levanta e eu me vejo de novo na Champs-Élysées. As luzes são fortes demais. A Disney Store projeta raios verdes e azuis na calçada e os passantes ficam verdes e azuis por alguns segundos apenas. Pierre diz: "Cara, sabia que na Grécia antiga os heróis e as pessoas bacanas iam aos Campos Elíseos?". Alguém responde que os Campos Elíseos ficavam no inferno. Ele emenda com alguma coisa sobre uma bad trip de ecstasy e, no mesmo instante, alguém me empurra para dentro de um carro e não consigo ver se é um táxi.

Carros que andariam tão depressa que arrastariam com eles toda a poeira pelo caminho. Carros sem motorista, talvez mesmo sem volante. Ele iriam sempre em frente. Haveria vítimas. Coisas do destino. A civilização dos veículos que ninguém controlaria mais. Logo não haveria mais humanos, nem casas, nem animais, nada além de estradas e cabines de aço. Nada além da fumaça negra e da poeira azul.

Uma suíte no hotel Lutetia. Por ora, estou aqui.

Viraram a mesa, o espaguete secou no chão. Numa tela plana passa um filme pornô, sem som. Acho a cena ridícula e um pouco patética. É triste uma suíte de hotel devastada sem nem um rock star lá dentro. Digo isso pra um cara que também parece perdido. Ele me responde com calma:

"Não viaja, todos nós somos rock stars. Você, eu, aquela garota. Todos rock stars."

Ele para. Ele não me olha mais. Ele continua: "De qualquer maneira, não há mais rock stars. Só tem a gente mesmo".

Ele vai embora. Puseram o espelho, que estava pendurado na parede, sobre a cama. As pessoas cheiram pó em cima dele, sem ruído. Uma garota se aproxima de mim, me pergunta se eu me chamo Bruce, e como eu lhe digo que não, ela se afasta, mandando eu ir me foder. Tenho bastante vontade de foder. Não estou muito longe de casa, mas mal consigo andar. Resolvo ir até a janela. O cara com quem falei agora há pouco vem trocar uma ideia comigo. Dou uns vinte anos pra ele. Ele veste uma camisa amassada, um paletó xadrez cinza com a gola puída e uma calça jeans com a barra suja de lama. Depois de um tempo, como ele não diz nada, eu me apresento. "Oi. Sacha." Ele aperta minha mão. "Eu sou o Clay." Ele me encara e algo em sua expressão me incomoda. Tenho a impressão de conhecê-lo, e, no entanto, nenhum traço de sua fisionomia me é familiar. Dou uma olhada no quarto. É como um filme em câmera lenta.

"As pessoas não têm mais força para andar normalmente. Nem o pó impulsiona as pessoas", eu digo ao Clay.

Ele se volta na direção de Paris. A vista é bela.

"Se as pessoas andam tão lentamente, é porque elas não sabem mais para onde ir", diz ele, apontando a rua com o rosto.

Respondo: "Que merda, isso que você falou".

Ele ri um pouco, mas seu sorriso é grave.

"Ah, é? Diz aí, então, se você pudesse escolher, onde gostaria de estar agora?"

Penso um pouco. Não consigo achar um único lugar onde eu gostaria de estar, um só lugar onde eu me sentiria bem. Ele prossegue: "Deixa eu te dizer: você não sabe onde gostaria de estar porque você é como eu, como eles". Ele me aponta as pessoas no quarto. "Porque você não tem nenhum desejo que possa te transportar a outro lugar. Nenhum objetivo. Seus prazeres são tréguas, fáceis e rápidas. Você tem tudo e, no entanto, você se vê pouco a pouco com o coração vazio e a cabeça cheia de imagens violentas, as únicas capazes de fazer você se lembrar de que está vivo. Aliás, tudo que você faz, absolutamente tudo, é para provar a si mesmo que você está vivo."

Fecho os olhos. Não sei se estou muito triste ou muito irritado. Quero responder a Clay, mas, quando abro os olhos, ele não está mais lá. Não o vejo mais em parte alguma. Pergunto a uma garota onde está Clay.

"Que nome é esse? Você deve estar realmente chapado!"

Ela faz uma pausa ao ver meu rosto se decompor, daí se volta para o resto do quarto: "Tem algum Clay aqui?".

As pessoas fazem não com a cabeça. Eu deito na cama, empurro com violência uma menina que estava cheirando uma linha, caio de napa num montículo que não tinha ainda sido batido e cheiro tudo. A garota grita: "Cara, vai te catar, tinha quase meio grama aí! Merda!".

Saio do quarto na hora em que alguém zapeia até achar a MTV. Na rua, é como se as minhas pernas andassem mais rápido do que eu. Nenhum objetivo. O sol levanta e eu decido andar sem rumo. Sem dúvida chegarei a algum lugar.

Em Shanghai, as autopistas formavam curvas que passavam umas por cima das outras, como grandes tranças de concreto. Eu escutava sem parar "Playground Lover" olhando pela janela do quarto do meu hotel. O prédio em frente mudava constantemente de cor. Azul, depois amarelo, depois verde, depois violeta, depois vermelho, depois laranja, depois turquesa, e azul de novo. Eu me sentia vazio, inútil. O diretor do hotel, com quem estávamos, minha mãe e eu, não parava de repetir que, em Shanghai, basta virar a cabeça para descobrir um prédio novo. "A cidade se ergue sem que a gente se dê conta." Essa ideia me deu medo. A cidade onde tudo muda sem que a gente saiba. Sem que ninguém possa fazer nada. A modernidade incontrolável. Chovia em Shanghai. O céu era negro, às vezes passavam umas nuvens beges e a gente achava que se tratava de uma clareira no céu nublado. Pegávamos táxis, descobríamos objetivos para os passeios. Isso de nada servia, a cidade nos absorvia inteiramente e nada podíamos ver além das sombras dos passantes, além do concreto sombrio, além dos neons sujos. Aquela era uma cidade violenta e eu não conseguia saber se fazia frio ou calor. Numa tarde que mais parecia noite, desci sozinho para a rua do nosso hotel. Me vi diante de um imenso salão de jogos eletrônicos, com vários andares. Lá dentro, crianças mais jovens que eu jogavam freneticamente, os olhos pregados nas telas que difundiam imagens aciduladas. A música era alta, ensurdecedora. Eu estava no maior salão de jogos eletrônicos de Shanghai, talvez da China. Aproximei-me do balcão encimado por uma bandeira americana. Uma chinesa que lixava as unhas ergueu a cabeça para mim e disse num inglês difícil de compreender: "What do you want?"*. Eu não sabia o que queria, então procurei uns euros nos meus bolsos. A chinesa me olhou e, antes que eu pudesse perguntar o que quer que fosse, ela me disse:* "It's useless"*. Algo na entonação dela me fez pensar que ela não estava se referindo aos meus euros. "Desculpe, não entendi", eu disse, e ela repetiu:* "Useless"*. Saí do salão de jogos. Nas ruas, as sombras seguiam caminhando. Não encontrei ninguém em Shanghai. Lá em Shanghai, as pessoas não eram amarelas, mas cinzentas. Em Shanghai, os prédios se construíam como que por magia, na maior indiferença. Em Shanghai, as noites se misturavam aos dias, embora me parecesse que ninguém dormia nunca.* Useless.

“Diz aí, você sabe pra onde a gente tá indo?”

Como de hábito, minha frase se perde no silêncio, na noite ou alhures. Nunca estive tão bem quanto nesta noite, nesta estrada deserta.

“Meu primo me emprestou a *scooter* dele”, Augustin tinha me dito mais cedo, por volta do meio-dia. Eu não sabia direito se era verdade.

A cada três metros, há um clarão e cada uma dessas luzes brancas me afasta um pouco mais da minha casa, da minha cama, da minha mãe, e me aproxima um pouco mais dele. Penso naquela música: “When the star goes blue”, do Ryan Adams. Estamos no interior, quer dizer, não muito longe de Paris. Só campos à nossa volta. Nada além de extensões imensas e verdes, e, às vezes, algumas silhuetas de fábricas. Ele para sem me avisar. Eu olho pra ele. Nesta noite ele está todo posudo. Talvez seja por causa da sua jaqueta de couro. Ele tira seu Zipo do bolso e acende um cigarro. Caio na risada. Ele me pergunta por quê.

“Não força a barra, James Dean. Aqui não é a Califórnia!”

Ele me enfia um cigarro na boca. Tem alguma coisa de grave na expressão dele. Ele nunca está completamente desanuviado. Estamos no campo e o silêncio me oprime, como sempre. Ele advinha isso.

"Mas de onde vem isso, esse medo do silêncio?"

Estamos deitados no ponto onde a grama e a pista se encontram. São 3h46 da madrugada. Sobre o asfalto, o sangue fica preto.

Defina o ponto onde tudo desaparece.

— *Não! Faz isso você mesmo!*

— *Nós já estivemos lá. Nós já vimos isso.*

— *Nós quem, a gente?*

— *Uma multidão de gente.*

Sou eu quem fuma um cigarro. Ele olha o céu e é como se ele pudesse ver além das estrelas. Por que eu tenho essa impressão de que ele pode ver mais longe, outra coisa? Acho que ele tem esse dom, e acho que ele sempre se decepciona por não encontrar nada de interessante atrás das estrelas, para além de tudo. Lá onde tudo desaparece, lá onde o sangue desaparece debaixo da terra, lá onde os olhos não veem mais, lá onde o infinito tem um sentido, lá onde dois garotos inconscientes desaparecem na noite.

Nesta noite, ao voltar pra casa com Augustin, minha mãe está à minha espera em seu quarto. Vou vê-la. Ela está sentada à escrivaninha, nervosa. Sem me dizer nada, ela me dá um papel. É o meu boletim do segundo trimestre. *Nível insuficiente. Ausências frequentes. Trabalho pouco sério em aula e em casa. Sacha tem que se recuperar, e rápido. A repetência poderá ser considerada se o nível não aumentar de modo bastante significativo.*

Sei que ela não vai ser a primeira a falar. Timidamente, abaixo a cabeça e digo: "Eu... tá, eu sei...". Ela me olha fixo, ela não está furiosa, apenas decepcionada. Ela responde: "Você sabe... você sabe... Você sabe o quê, exatamente? Você sabe que vai repetir de ano? Sabe que eu me sinto como uma débil incapaz de criar seu filho?".

Olho pela janela. O sol está na linha do horizonte.

"Não, não... quer dizer, eu dei uma viajada nesses últimos tempos..."

Ela continua me olhando fixo. Eu me pergunto se o Augustin está atrás da porta a nos escutar.

"Mas, Sacha, está escrito aqui que você corre o risco de repetir de ano! É sério isso aqui!"

Repetir. Recomeçar. Eu adoraria poder dizer a ela que eu vou me aplicar. Eu sei que não vai ser o caso.

Ela continua, à beira das lágrimas: "Não sei o que fazer... não sei mais o que fazer".

O sol se abalou desde o outro lado do mundo. Esse boletim, daqui a dez anos, nem vou me lembrar mais dele. Tenho que me concentrar no que há de ser memorável. Minha mãe ameaça vagamente cancelar as férias que a gente ia passar na Tunísia. Sei que ela não vai fazer isso. Já está tudo organizado. Devemos partir amanhã, minha mãe, Augustin e eu.

Ele está jogando Mario Kart no meu quarto.

"Tudo bem, cara? Você não parece lá muito bem..."

Pego um joystick sem dizer nada e nós dois jogamos em silêncio durante mais ou menos uma hora. O celular dele toca. Ele descansa o joystick e atende. Resolvo terminar a corrida. Ele fala com uma voz doce. Donkey Kong e Peach passam à minha frente. Ele desliga.

"Era a Martine. Acabaram as aulas, e ela quer se encontrar comigo agora."

Continuo a focar a tela. A corrida ainda não terminou. Só o kart do Augustin e o meu continuam estáticos no meio da pista.

"Você não quer vir comigo?"

Não entendo por que ele me pergunta isso. Eu aceito, não estou a fim de ficar sozinho com a minha mãe. Me enfio no sobretudo e grito: "Manhê, tô saindo. A gente tá saindo. Não vamos voltar tarde...".

Batemos a porta. Ela não teve tempo de responder.

Martine já está sentada quando chegamos ao café. Ela ergue a cabeça para nós. Ela é linda. Morena, esguia, intensa. Ela tem alguma coisa de trágico. Ela se assemelha à ideia que eu faço das princesas do Antigo Testamento: sensuais, violentas e infelizes. Suas sobrancelhas estão sempre arqueadas. Ela parece desapontada. Normal, ela preferia estar a sós com o Augustin. A decepção dela me diverte. Nada é mais previsível que uma garota de quinze anos contrariada. Eu deveria me sentir sobrando. Nos aproximamos da mesa e ela parece se lembrar de quem eu sou.

"Olá. Se lembra de mim?"

Ela sorri, depois responde lentamente, como uma pessoa que, vencida pela decepção, não faz mais nenhum esforço para esconder isso: "An-han, me lembro de você".

Ela se levanta, me oferece seu rosto com um aspecto de vela derretida camuflada por uma espessa camada de maquiagem. Ela me dá um beijinho. Perfume nojento, mistura de Dior Addict com chiclete sabor morango. Por alguma razão obscura, ela resolve fazer uma mímica bizarra: ela tenta estreitar o nariz e engrossar o lábio inferior. Vendo que Augustin não reage ao seu número de sedução, ela distende as feições num longo espasmo antes de beijá-lo. A garçonete aparece. Peço uma coca light para mim e uma fanta para o Augustin. Ele sorri pra mim e diz: "Exatamente, cara!".

"De tanto frequentar os cafés com você, tô começando a sacar o que você quer."

Martine faz uma careta, triste bonequinha de jeans. Ela fala de marcas de cigarro, de boates e de sua amiga Carole, anoréxica. Ela é tão interessante como uma caixa de lenços de papel. Olho para Augustin. O rosto dele se desenha à luz do neon que confere à sua pele uma cor irreal, como se a pele tivesse absorvido a luz intensa. Ele se vira para mim perguntando se não seria hora de ir embora. Respondo que sim com uma voz rouca. Ele me olha de um jeito engraçado, daí se levanta. Eu não me levanto logo, à espera sei lá do quê, procurando nos olhos dele uma resposta. Ele beija Martine. Eu me levanto, dou tchau pra ela, e a gente sai do café. A noite já começou sua jornada. A luz amarelada das luminárias é sinistra. Certos trechos da calçada são como que aspirados pelas sombras. Não escuto muito o que o Augustin fala sobre um filme de ação japonês. No ônibus, sentamos lado a lado. Sem olhar pra ele, eu falo: "Ela não é muito esperta, essa mina".

Ele não responde.

"O.k., ela é legal e tudo... mas, bom..."

Antes que eu possa continuar, Augustin me detém: "Tá com ciúmes?".

Nenhuma entonação em sua voz, nada de humor, de reprovação.

"Tá maluco! Ciúmes por quê?"

Ele não diz nada durante um bom tempo, nem eu, e esse silêncio incômodo nos acompanha até o meu quarto, onde, sem dizer palavra, nos metemos na cama. No que o meu despertador marca 23h17, resolvo falar: "Escuta, cara, tô pouco me fodendo pro fato de você ter uma namoradinha. Não tenho ciúme. Você não tem que me prestar contas de nada... Mas não consigo suportar essa menina".

Longo silêncio. A resposta vem num murmúrio quase inaudível: "Que você quer que eu faça? Ela me ama".

"E você?", eu pergunto, coçando a cabeça com uma cara tonta e distante.

Ele não responde. Acho que ele nunca se fez essa pergunta. Por fim, ele me diz com uma voz doce e sincera: "Eu gosto que me amem".

Ele acende um cigarro, ele sorri, visivelmente satisfeito com sua resposta. Tento rir um pouco. Um tempo depois, ele sai da cama para pegar seu celular no bolso do sobretudo. Ele me oferece o aparelho: "Faça o que você quiser".

Não sei se ele está falando sério. Ele me irrita, então redijo um torpedo: *Martine nao quero mentir pra vc e te iludir, entao melhor a gente parar por aki, nao é culpa minha. brigado por td. Augustin.*

Mostro a mensagem ao interessado, daí clico no "enviar". Augustin tira um pouco de sarro. Dez minutos depois ele está dormindo.

Amanhã ele não vai ter mais bateria. Não vai dar tempo de recarregar o celular dele antes da nossa partida. Ele não vai poder receber chamadas nem torpedos na Tunísia. Adeus Martine.

Nessa noite, às 23h17, Martine tentou o suicídio. Primeiro, ela quis cortar os pulsos com sua tesoura escolar, mas como havia cola grudada nela, não tinha corte. Na sequência, ela engoliu dez pílulas do que se revelou ser Spasfonlyoc. Ela vomitou por toda parte no quarto dela e a mãe a levou ao pronto-socorro. Agora ela tem que ver um psicólogo todas as terças às cinco e meia. Mas isso eu não sei.

No dia seguinte de manhã, depois de tomar minha ducha, volto pra cama de roupão, ao lado do Augustin. Ele resmunga, perguntando se já tem que se levantar. Observo as expressões de seu rosto, em busca da prova de que ele se lembra bem da véspera e de que está tudo acabado com a Martine. Ele permanece opaco, insondável. É seu gosto pelo segredo, pela mentira, que lhe permite manter uma certa superioridade sobre mim. Ele se espreguiça, ele passa a mão pelo cabelo, e seus olhos se fixam em mim como se à espera de que eu diga alguma coisa. Dessa vez, vou me calar. Quero me tornar tão hermético quanto ele.

"Na verdade, cara, era melhor se você pudesse já ir se preparando", eu digo pra ele, afoito por mudar de ambiente.

Ele sorri e se levanta. Ele veste a camiseta, a mesma do dia anterior. Adoro quando ele veste de novo a roupa suja. Dá a impressão de estar em fuga. Resolvo falar da Tunísia para fazer o tempo passar. Minha mãe nos chama para ir embora. No carro, escuto "Under the Bridge", do Red Hot Chili Peppers. *Sometimes I feel like I don't have a partner*. Um homem roda ao nosso lado em seu carro vermelho. Ele está sozinho e parece cantar. Ele tem cara de maluco. Percebo que ele fala no fone de ouvido com micro. No aeroporto, compramos jornais. Augustin adora *Entrevue* e eu ainda não entendo por quê. Minha mãe quer comprar chocolates. Ela nos deixa a sós. Não falamos nada.

Por fim, abro o jogo:

"Sobre ontem à noite... Você tá com raiva de mim ainda?"

Ele me olha, sorri pra mim. Ele esperava que eu fosse ceder. Seu sorriso se apaga de seu rosto, sinto que ele quer ficar sério para responder, mas fico tranquilo pois percebo que essa história o diverte.

Ele diz: "Você vai ter que lidar com a sua culpa, não é mais meu problema...".

Ele é mesmo forte pra danar. Caio na risada, estapeio a palma de sua mão. Acho que estamos reconciliados. No avião, avançamos em cheio contra o sol. Dá impressão de ter ficado surdo. A aeromoça tem umas belas pernas. O comandante tem um forte sotaque romeno. Olho pela janela. A calma do céu, grafites em azul e branco.

Aterrissamos. Espero, ingênuo, que o calor me agarre a garganta do jeito que eu gosto tanto. A temperatura do avião é a mesma que a da Tunísia. Acomodamos nossa bagagem num carrinho enferrujado que faz um barulho insuportável. Na saída, uma jovem tunisiana nos deseja as boas-vindas.

"Espero que vocês tenham feito uma boa viagem", ela nos diz, quase acreditando nisso.

"Sim", responde minha mãe, "foi muito rápida."

O carro cheira a couro novo e minha pele cola no encosto do assento. Tenho dor de cabeça. O barulho do ar-condicionado é ensurdecedor. Augustin olha o vazio. Passamos na frente das ruínas de Cartago. Pedregulhos ridículos, vistos daqui. Minha mãe nos diz que nós precisamos ir lá sem falta. Augustin concorda por gentileza e se volta para mim com um ar desesperado. Tiro um pouco de sarro, e depois o tranquilizo fazendo-o compreender que é o terceiro ano que a gente, minha mãe e eu, vem pra cá, e jamais viu ruína alguma.

O hall do hotel é gigantesco. Todo em mármore. Oliveiras e vasos. Metal, madeiras exóticas e mais mármore. No nosso quarto, camas gêmeas quase se tocam. Augustin desfaz sua mala. Ele é anárquico. Bagagens desfeitas, ele quer tomar uma ducha. Ele pisca para mim. Ele sempre faz isso, cada vez mais. Vou com ele. A água fervente, excitante. Ele me beija. A boca, o torso, o umbigo. Ele me chupa. Acaricio seus cabelos e aperto seu rosto contra minha barriga. Só se escuta a água. Só o calor da água.

Vou para a sacada onde sento e fumo um cigarro. Minha mãe liga para dizer que desceremos logo mais para o jantar. É Augustin quem atende o telefone, completamente nu. Pergunto-me se minha mãe sabe sobre mim e ele. Acho que não. Ele desliga dizendo que precisamos descer. Ele bota uma velha camiseta rasgada na gola e me dá vontade de ser como ele.

Ele está dormindo quando acordo. A televisão ficou ligada. *Os Anjinhos* se agitam na tela. Nos criados-mudos garrafas de bebidas me fazem lembrar por que estou com dor de cabeça. A gente tinha que celebrar o começo das férias. Vou ao banheiro procurar um Advil. Quando volto pro quarto, Augustin está acordado. Não dizemos nada. Deito de novo. Um tempo depois, ele me pede para aumentar o som da TV. "Adoro esse desenho", ele diz, indo buscar um Mars em cima do frigobar. Ele senta em posição de lótus no chão, o cabelo desgrenhado. Conheço de cor a cara dele quando acorda. Seus olhos vidrados, sua tosse crônica, sua boca pastosa. Tenho a impressão de conhecê-lo desde sempre. É estranho não poder definir o momento em que o vi pela primeira vez. No trem, já me pareceu que o conhecia. Aparentemente eu já o tinha visto. Já o havia perdido. Ele acende um cigarro, e na primeira tragada ele começa a tossir muito forte. Se eu não o tivesse encontrado... O desenho acaba, ele tem vontade de ir a um *hammam*.*

* *Hammam* é uma sauna a vapor árabe. (N. T.)

* * *

Não tem ninguém lá dentro. Augustin tira a roupa. A cena é ridícula, tão convencional parece o erotismo. Ele dança e seus membros se fundem docemente à bruma que parece compacta, e ele desaparece. Penso de novo no capuz que lhe encobria metade do rosto no trem. Penso nesse constante cheiro de maconha que o envolve. Revejo seus cadarços sempre soltos que se arrastam pelas calçadas sujas. Ela vai e vem, minha angústia. Sua voz me dá a impressão de ser livre. E se ele não reaparecer mais através do vapor? De repente não o vejo mais. Ouço ele entoar uma canção a partir de seus lábios molhados. Fecho os olhos. Sinto a pedra debaixo das mãos, e é como se, à minha revelia, eu me tornasse também estático. Ouço o ruído da minha respiração como um eco. O *hammam* parece se fechar sobre mim. E se eu nunca o tivesse encontrado. Nada sei da infância dele, não conheço seus amigos. Abro os olhos. Ele está na minha frente. Ele não tem mais rosto. Meus braços estão pesados, mas preciso tocá-lo. Preciso conferir. Me aproximo dele. Eu sufoco. A dança dele vai ficando cada vez mais lenta. O *hammam* se fecha completamente e tudo escurece. Penso outra vez naquela frase que eu li um dia, não sei mais onde. O ponto onde tudo desaparece. Minha cabeça deu um tranco. Acho que estou apaixonado por ele.

Eu caio.

Não se trata mais de prazer.

Ele grita.

Já ficou longe.

Quero que ele seja os meus gestos no momento em que perco o controle sobre eles, e os meus pelos, agora que a minha pele parece de galinha depenada. Quero virar uma parte dele, tão útil quanto uma mão, tão vital quanto um coração. Só ele pode me levar ao ponto onde tudo desaparece. Desaparecer com ele.

Abro os olhos. Ele me olha. Estou caído no chão. Ele está de pé. Eu soluço. Eu berro, na verdade. Ele está assustado e me pergunta o que está acontecendo. Eu o ouço me dizendo que devemos procurar minha mãe. No caminho, as pessoas me olham. Elas também não têm mais rosto. As distâncias me parecem inexatas. Sinto apenas o braço de Augustin que me segura debaixo do sovaco dele. Ele bate à porta da minha mãe. Não ouço direito as vozes. Me colocam na cama. O médico do hotel diagnostica uma crise de pânico e fadiga com uma forte febre. *É quando seus olhos estão fechados que eles veem melhor*. De olhos fechados, vejo Augustin. Ele é como uma estátua que me sorri e me acalma e me leva pra lá, onde tudo desaparece.

Estou deitado, nu, na cama, em nosso quarto. O ar-condicionado está ligado. Morro de fome. Augustin entra. Ele traz uns croissants e uma xíçara de café. Me alegra vê-lo.

"Tomei meu café da manhã sozinho lá embaixo. Pensei que você ia ter fome ao acordar..."

Agradeço. Estou um pouco sem jeito.

"Cara, sinto muito ter estragado nosso dia ontem, de verdade."

À guisa de resposta, ele me fala de Greg, o milionário que, segundo um programa que ele viu ontem, toma anfetaminas. Mais tarde, vamos à praia. Mal chegamos, digo que estou com frio.

"Você está sempre com frio", ele me responde.

As dunas ondulam ao vento. Um caminhão rosa e verde atravessa a praia à toda. Ele buzina à nossa frente. Penso na praia de Deauville. A gente se deita e é coberto pela areia. Não há ninguém. Uma nuvem esconde o sol. Veríamos mais longe se apenas fechássemos os olhos. Nossas sombras se alongam atrás de nós como tinta sobre a areia. Ele quer ir tocar a água do mar. Passam uns cavalos, silhuetas fúnebres. Ele me pergunta se há marés aqui. Não sei. Ele corre para o mar. Tenho a impressão de enxergá-lo pelo lado errado de um telescópio. O sol desaparece, ele parece uma pepita de ouro que a gente vê caindo num poço.

À noite, vamos a uma cidadezinha, Sidi Bou Saïd. As casas se sucedem, cada vez mais altas na colina, misturando-se aos vendedores de falsas antiguidades. Vamos a um café que se debruça sobre o mar. Visto de cima, o mar parece liso como um longo lençol azul estendido. Penso na música do Led Zeppelin: *There's a feeling I get when I look to the west and my spirit is crying for living.* Não consigo distinguir se eles cantam "living" ou "leaving". Viver ou partir. Gostaria de comprar uma escada para o paraíso. Cada vez que olho o mar, tenho a impressão de não existir. E de que eu estou de passagem, enquanto o mar é constante e infinito. Tenho o estranho sentimento de pertencer desde sempre ao sol, ao céu, à eternidade, às sombras, ao imaterial. Augustin e minha mãe conversam. Ele não olha mais o mar. Preciso me lembrar de tudo agora. Dos cheiros, dos gestos, desse ventinho. Olho uma última vez para Augustin, daí deixo que meus olhos se percam em algum lugar entre o piso branco-sujo do café e as ondas.

Augustin dorme ainda. Me dá vontade de deitar perto dele. Sem acordá-lo, atento a cada gesto meu, consigo me colar nas costas dele. Ele acaba abrindo os olhos, mas não se mexe. Uma versão malfeita de um filme de Larry Clark, diríamos. Eu rio, mas não explico por quê.

Mais tarde, almoçamos só nós. Minha mãe tirou o dia inteiro para se cuidar. No restaurante dietético do hotel, os empregados usam blusas brancas. Augustin faz uma brincadeira envolvendo uma enfermeira e um macaco, que eu não chego a entender muito bem. Ele me diz: "Você não quer ir de novo à praia?", e, mesmo o tempo não estando bom, também tenho vontade de ir à praia. No caminho para o mar, um jovem tunisiano nos aborda propondo um passeio a cavalo. Augustin parece animado com a ideia de dar um rolê.

"Por favor, faz isso por mim... seja legal!", ele fala.

Ele insiste. Acabo cedendo, porque o tunisiano começa a tirar sarro de mim.

As probabilidades de que eu saia vivo do passeio são nulas. Fico grotesco no dorso de Marco, o velho asno. Paro no meio da praia, sozinho. Augustin e Ahmed (esse é o nome dele) parecem cúmplices. Eles vão longe. O asno faz um barulho que lembra um aboio. Sem razão aparente, ele fica com medo, me desapeia e foge a galope. Não vou apanhá-lo. Por conta própria, ele vai se refugiar no ponto de encontro que Ahmed combinou. Encontro Augustin. Ele conversa com o tunisiano e, ao me ver chegando, pergunta: "E aí, gostou?". Olho pra ele e respondo simplesmente: "Vou pro quarto". Ele não me segue.

Estou no banho e ele ainda não voltou. A água está fria agora. Ele toca a campainha. Meto meu roupão e vou abrir. Ele me acompanha ao banheiro. Ele se mira no espelho, ele tira a camiseta. Ele transpira um pouco. Ele bota a cabeça debaixo da torneira. Ele tira o resto da roupa e avança para entrar na banheira. Eu o detenho metendo o pé em sua barriga.

"Qual é a sua?"

"Nada."

"Se não é nada, me deixa entrar na banheira..."

Ele tenta de novo, eu o barro.

"Não, tô a fim de tomar um banho tranquilo. Pra me refazer do nosso superpasseio a cavalo. Essa porra de passeio forçado!"

Ele parece mais chateado que irritado. Ele responde girando os olhos pro céu: "Eu não te 'forcei', só pedi pra você vir comigo. E, depois, fala sério, o.k., você se espatifou no chão, mas, no fim das contas, foi legal...".

"Eu detonei o braço e você ficou tirando sarro feito um cretino!"

Ele passa a mão nervosa no cabelo e responde num tom mais alto: "Porra, só te pedi uma coisa pra me agradar! Precisa levar tudo a ferro e fogo? Você não sabe montar a cavalo! Queria que eu fizesse o quê? Eu é que não ia ficar me aporrinhando durante uma hora pegando na sua mão enquanto você insultava o Ahmed".

Ele me dá as costas e veste a cueca. Estou louco de raiva.

"Eu tava com medo, e aquele cuzão não me ouvia e tirava sarro junto com você! Além do mais, ele é um analfabeto! Ele tentou ler 'Califórnia' na minha camiseta durante todo o passeio e não conseguiu!" Ele faz como quem ri e responde: "E você é o quê, muito culto? Que novidade! Menos, Sacha, menos! Não é porque você escuta os Rolling Stones, mora perto do Café Flore e viu o Bernard-Henri Levy uma vez na rua que você é culto!".

Eu me endireito na banheira. Me ponho de pé diante dele. Ele avança sobre mim como se quisesse me bater. Começo a rir.

"Você me mata de rir! Para de bancar o chefe! Não é porque você escuta o NTM e fuma uns beques que você é durão! Você quer me bater, quer? Não se atreva, nunca!"

Ele recua. Ele começa a se vestir de novo. Ele me diz: "Não gosto quando você fica histérico! Você só fala merda! Vou me mandar daqui!".

Ele sai do banheiro. A porta bate. Eu me deito outra vez na banheira. A água está gelada dessa vez. Saio do banho. Acendo um cigarro que logo esmago. Sinto-me um pouco ridículo. Resolvo ir atrás dele. Ele está na praia, deitado numa *chaise longue*. Ele fuma. Sento ao lado dele sem saber direito o que dizer além de "foi mal...". Ele se contenta em me passar seu cigarro.

"O cachimbo da paz", eu digo. Ele sorri e responde: "É...". Não é um cigarro, na verdade. Pergunto como foi que ele arrumou haxixe. Ele responde que Ahmed tem outra fonte de renda além dos passeios a cavalo. Eu deito. Olho o céu. Não tem muitas estrelas. Ele me diz de um jeito estranhamente afetuoso. "Você realmente é um pentelho..." Um dia ouvi dizer que se a gente olha fixo para um estrela por muito tempo todas as outras desaparecem. Olhar fixamente uma estrela, e tudo desaparece. Olhar uma estrela, e nada mais tem importância. Uma estrela se mexe. É impossível. Respondo olhando essa estrela que se desloca lentamente: "Te amo". O silêncio se instalou. Ele não me responde. Passam mais uns segundos. A estrela é só um satélite. O silêncio, sempre. Nunca vi estrelas cadentes. Ele tira minha camiseta. Ele abaixa minha calça. Eu fixo minha atenção numa estrela, a mais brilhante. Nada mais tem importância. Ele me chupa. Isso não tem importância. Eu ejaculo. Ele acende de novo o baseado. Não é mais a estrela que eu fixo, é ele. Ele não me respondeu. Subimos de volta pro quarto. Não tem ninguém no saguão do hotel. Vamos deitar. Fingimos dormir.

Você diz que a sua vida é um jogo, mas você não quer perder.

Numa *chaise*, ele chupa um sorvete, pra variar. O chocolate derrete em volta da boca dele e suja tudo. Parece sangue seco. O céu está da mesma cor que o sol. Hoje de manhã a gente assaltou o frigobar. Ele queria que a gente celebrasse sua partida. O ar tem um vago odor de jasmim. Tenho certeza de que é artificial. Ele se levanta para ir ao restaurante pedir alguma coisa, do outro lado da piscina. Eu o observo. Palmeiras altas acenam lentamente atrás dele. Grafismo. Ele mergulha na água. Ele desaparece por alguns segundos, depois reaparece. Ele volta, ele deita de novo na *chaise*. Olho os guarda-sóis kitsch, amarelos e vermelhos, e penso como seria bonito vê-los levantar voo ao mesmo tempo. E digo: "Você não me respondeu ontem à noite". Ele faz que não me ouviu. Olho o cinzeiro que caiu no chão. As bitucas rolam calmamente. Eu digo: "Sabe, não tem importância... Isso não muda nada". Ele parece muito triste de repente. O dia acaba e começa a ficar mais frio. Ele diz: "O que você quer saber?". O garçom traz duas piñas coladas. Fecho os olhos. Penso num lagarto morto, seco, sob o sol. Dou um grande gole que me bate mal no coração. Abro os olhos. Ele botou os óculos escuros. Por um instante, ele se parece com meu pai. "Eu te amo e isso me enche bem o saco", diz ele. Acho que fiquei muito tempo no sol. Digo: "Tô começando a sentir frio, você não quer subir?". Tenho muita vontade de um cigarro mas não tenho disposição para acender um. "É um jogo, Sacha. Quero continuar jogando." Não há mais sol nenhum. Não tem mais ninguém em volta da piscina. Falo de novo: "Tô começando a sentir frio". "Você está sempre com frio."

Na volta às aulas, vou à escola dia sim, dia não. Compro maconha. Fumo com o Augustin. Vejo filmes. Fumo com a Violette e com o Quentin. A cada dois dias, concedo-me merecidas férias. Fumo com Augustin e Rachel. Compro um casaco militar. Vou a uma festa. Bebo Malibu sabor coco. Resolvo voltar às aulas. Sala 213. Me pergunto por que escolhi continuar o latim. "Seu francês vai melhorar, você não vai mais cometer erros." Não foi o que aconteceu. Envio um bilhete a Flora: "Você não acha que a professora é a cara do Keith Richards?".

Flora ri muito alto e a senhora Célestin pega o bilhete da carteira dela. Ela começa a gritar: "Saia! Saia, idiotinha! Vá ver se o Mick Jagger está lá fora!".

Eu vou, com certeza, passar pelo conselho de classe. Na semana passada, a supervisora do meu ano me perguntou se eu pretendia continuar na escola: "Se você fizer as contas vai ver que anda vindo menos que um dia sim outro não". Acho que ela exagera. Sei que estou procurando encrenca, sei que deveria escutá-la. Sei um monte de coisas. Minha mãe me proibiu de cabular aula a partir de agora. Tenho que fazer um esforço. Posso conseguir isso. Está fora de questão largar a escola. Que ideia.

Um homem chora no restaurante. Ele não se esconde. Ele soluça no meio dos outros que não choram. As pessoas fingem que não estão vendo. Eu também. É o aniversário do meu pai e eu não sei que idade ele tem. Minha irmã e meu irmão estão aqui. Um tipo ridículo canta "Careless whisper". Eles podiam botar um CD. Meu pai diz: "Que bonita essa música", e minha irmã responde: "Muito bonita". Ele está a um passo de tirá-la para dançar. Meu irmão fala ao telefone, a negócios. Meu pai diz: "Oba, estou contente de ter meus filhos perto de mim nesta noite".

Até que isso não soa falso. Ele deve estar mesmo contente. Ontem, Augustin e eu fomos à rue de Rivoli. A gente queria ver o que tinha na Dolce & Gabbana. A loja estava fechada, mas a vendedora de torrone e pirulito instalada na calçada em frente tinha a chave. Ela sugeriu que a gente entrasse. Achamos esquisito, então fomos às Tulherias. "A loja deve ser dela", disse o Augustin, rindo. Sentamos num banco. Adoramos ficar ao ar livre. Em casa a gente sufoca. Gostamos de andar também. A noite caiu e saímos a esmo por ruas cujo nome não sabíamos. Fomos dar numa igrejinha. Fumamos um baseado. Era a coisa mais natural a fazer. Depois, fomos ver um filme num cinema na Champs-Élysées. Saímos mortos de fome, mas o McDonald's da rue Soufflot só abria às oito horas. Sentamos nos degraus do Panthéon. Eu não conseguia me lembrar do nome da filha de Victor Hugo que morreu no Sena. O McDonald's abriu e comemos panquecas com gente passando vassoura de estopa em volta dos nossos pés. Léopoldine. O céu estava tão encoberto que o sol não chegou a se levantar propriamente. Voltamos para minha casa. Tive que me levantar às sete da noite porque era o aniversário do meu pai.

O garçom vem perguntar se a gente acabou. Meu pai não gosta de doce, então eles trazem para ele uma salada de frutas de aniversário. Coisa triste.

Hoje de manhã, me toquei de que havia esquecido de comprar um presente pra ele. Revistei meu quarto em busca de alguma coisa que pudesse resolver a parada. Pensei na minha velha edição de *Lolita*. Foi o primeiro romance que eu li. Na capa do meu exemplar, vê-se a sombra de uma garota e umas mãos negras gigantescas a capturá-la sem que ela pareça se dar conta. Deixei minha marca dentro do livro, fiz anotações por toda parte. Ele vai detestar. De qualquer forma, ele não gosta de nada. Pensei que eu devia, talvez, escrever um bilhete pra ele. Eu não tinha muito tempo, então escrevi apenas "feliz aniversário" no embrulho. Acho que era só isso que eu tinha a dizer.

Clara me mandou um torpedo. Não imaginava que ela quisesse me ver depois de todo esse tempo. Marcamos um encontro em um café do boulevard Saint-Michel. Quando ela chega, dez minutos atrasada, como de praxe, acho que ela está verdadeiramente linda. Dá para ver que ela passou a manhã inteira se preparando. Sua maquiagem é um pouco inábil, porém muito elaborada, e ela se veste de maneira descontraída, mas com tudo combinando. Ela não parece se lembrar de que não faz muito tempo formamos uma unidade. Durante alguns segundos, tenho medo de que ela não se lembre disso. A gente se faz as perguntas habituais. Ela me pede um cigarro e seu olhar atrás da fumaça azulada se torna mais intenso. Ser sexy é saber acender o cigarro sem tirar os olhos do interlocutor. Gosto do jeito com que os dedos crispados dela seguram o canudinho rosa da coca, assim como gosto da maneira com que seu peito estufa quando ela sorve um gole. Gosto de vê-la intimidada. Quando a conta chega, ela espera que eu me ofereça para pagar. Eu a acharia mais bonita se ela tivesse pego a conta espontaneamente e a tivesse pago.

Acompanho-a até o metrô. Chove. Vou beijá-la, com certeza, ela não espera outra coisa nem eu. Ela diz: "Queria te ver de novo...". Respondo: "Me liga...". Nossos olhares se cruzam e ela desata a rir. No começo, tento me manter sério, mas depois rio também e pergunto: "Você gosta de clichês?".

"Gosto..."

Eu a beijo debaixo da chuva com ela ainda rindo. Vou ligar de novo pra ela.

Estamos na minha casa. Vagabundeando. À espera de alguma coisa. "Tem mais vodca?", ele me pergunta, e eu estouro de rir. Ele liga a tevê. No Canal + tem o filme pornô dos sábados. Ele começa a tocar uma punheta, eu também. Vou pegar uma garrafa de vinho.

Augustin me diz: "Tô ficando cansado, você não quer me dar uma mãozinha aqui?".

A atriz do filme grita, o Augustin geme. Acendo um cigarro e o Augustin toma um gole da vodca que ficou escondida atrás de uma pilha de revistas velhas. Meu celular toca. Meu ringtone é "We go together", do Grease. Resolvo não atender, não estou esperando nenhuma ligação. Vou desligar a TV e, antes de voltar ao sofá, ele já dormiu. Ele tem uma mancha de vinho na camisa branca. Como se houvesse um buraco no torso dele.

Estou deitado no sofá da sala. A torre de Montparnasse difunde sua luz pela umidade da noite. Todos os vestígios da gandaia estão invisíveis agora. Mesmo o cheiro da vodca entornada no carpete sumiu. Já vão longe as imagens violentas do pornô. Tudo é doce, calmo, infantil. Augustin dorme de ponta-cabeça comigo. Não quero saber que horas são. Às vezes é melhor deixar os instantes flutuarem em algum ponto entre meia-noite e seis da manhã. Ele abre os olhos. Ele vai me perguntar alguma coisa, então, para impedi-lo, dou-lhe um beijo. A janela está aberta, sinto uns pingos d'água na nuca. É agradável. Em algum ponto entre meia-noite e seis da manhã volto a dormir com a cabeça do Augustin no meu ombro.

Almocei com a Violette num restaurante libanês. Falamos da Segunda Guerra Mundial, do Justin Timberlake e de Deus. Eu estava deprimido, tinha que ver meu pai. Um jantar tête-à-tête. Minha mãe pediu para ele falar comigo porque tenho feito "muita besteira ultimamente".

Chego na casa dele. Ele toma um martíni. Acho que ele está um pouco bêbado. Ele usa uma voz doce. Ele brinca de papai compreensivo.

"O que não vai bem, Sacha?"

Não respondo, pela simples razão de que eu vou muito bem. Ele se serve de mais um drinque.

"Sinto que tem uma garota por trás disso tudo. Tô errado? Sabe, nessa idade, elas deixam a gente babando."

Ele me dá pena, então dou uma cortada: "Não, pai, não é isso. Juro".

Ele continua: "Já fui jovem. Eu também não ia bem na escola. Mas você... você é mais inteligente que eu. Você precisa é se aplicar. Um pouco só, e basta...".

Vamos jantar na cozinha. Ele fez um macarrão e parece orgulhoso de si. Não tenho fome, mas me forço. Digo a ele que vou dar um jeito. Ele volta para a sala. Quando vou atrás, dou com ele sentado no escuro. Cheiro de lavanda. Olho pra ele em sua poltrona, cansado. Vou me sentar na frente dele. Ele diz: "Sabe, eu perdi o Maio de 68. Não estava em Paris naquela hora, quando eles estavam fazendo chover canivete".

Não entendo de fato o que ele quer dizer com "chover canivete". É uma imagem bonita.

"Mas onde você estava?"

"Estava em Israel. Me divertia bastante, tinha meus amigos e também a vida a perder de vista. Eu era jovem. Quando eu era jovem... Enfim, sempre considerei que não tinha perdido nada. Quer saber por quê? Porque debaixo dos paralelepípedos, não havia praia. Debaixo dos paralelepípedos não tinha nada. Nada de nada."

Ele faz uma pausa. Ele vai fechar a janela. Ele olha o vazio, depois continua: "Você vai ver, Sacha, um dia você vai estar sentado nesta poltrona. Você também vai fazer um balanço".

Ele está bêbado pra valer. Tenho vontade de replicar: Sim, você era jovem, pai, mas sua vida se interrompeu. Não é mais que uma lembrança de lembranças. Ela não existe mais, sua vida. E você, você se lembra. Você se lembra para melhor esquecer. Você acha que é o único a ter reparado que a vida é curta? É igual pra todo mundo. Você acha que é o único a esperar pelo fim, quando na verdade todo mundo está na fila, direitinho?

Olho fixo pra ele, na esperança de que ele compreenda sem que eu precise falar. Ele está tão distante essa noite. Que festa é aquela em que eles dizem "nesta noite mais que nas outras noites"? O Pessach, acho. Então, digamos que nesta noite, mais que nas outras noites, ele está a quilômetros de distância.

"Vou pra casa, pai..."

Seu olhar é triste e resignado. No fundo, acho que ele gostaria de me reter, ele gostaria que eu dormisse na casa dele. Ele gostaria de colar os caquinhos. Ele sabe que não dá mais.

"Vou chamar um táxi."

De noite, passada uma certa hora, só restam sombras em Paris. Nada além de sombras desenhadas no chão cinzento. Tenho medo das sombras quando estou sozinho. É um problema, especialmente porque eu vivo sobretudo à noite nesses últimos tempos. É por isso que me cerco de gente. Estamos na Pont des Arts. Instrumentos e notas musicais em alvoroço fazem vibrar a ponte. Augustin trouxe duas garrafinhas de Poliakov, uma pra ele, outra pra mim. Ele me passa a garrafinha.

"Toma, a vodca dos pobres!"

"Espero que você não tenha roubado isso aqui."

Ele ri. Bebo minha garrafa numa velocidade espantosa. Alguém me dá rum e começo a ter a impressão de me equilibrar na beira de um telhado.

Clara passou muito perfume. Isso me irrita. Às vezes ela desgruda os olhos da TV e me joga um olhar. Eu a beijo, primeiro na bochecha, depois no pescoço. Agarro suas ancas com força, eu controlo tudo. Ela se debate um pouco, sem motivo. Eu jamais poderia agir dessa maneira com o Augustin. A Clara, consigo possuir por inteiro, sem pudor e sem reservas. Gosto de me sentir mais forte que ela, gosto de puxá-la contra o meu corpo. Além disso, essa relação é vivida na frente dos outros, longe da noite na qual nos refugiamos, Augustin e eu. Quando beijo Clara na rua, beijo ao mesmo tempo todos os que nos olham. Não me abro totalmente com ela, só brinquei de seduzi-la. Estar com ela é como receber um prêmio de interpretação. É uma satisfação pessoal. Tem outra coisa. O desejo que sinto ao tocá-la. Não desejo Augustin da mesma maneira. Somos obrigados a nos conter. Com ele, não posso brincar. Tenho que ser eu mesmo. A Clara, poderia beijar em todos os cafés da Terra, estreitá-la em meus braços diante de todas as bocas do metrô de Paris. Poderia decidir viver com ela, apresentá-la a meus pais, casar com ela, ter filhos.

Ela me pergunta por que pareço tão ausente. Digo que estou pensando nela, o que é só meia mentira. Tudo que ela espera de mim é ternura. Começo acariciando seus seios. Eles são bem grandes. Ela deita no sofá, eu por cima dela. Tiro sua saia. Tiro sua calcinha, e ela suspira. Meto-lhe o dedo. Suas caretas de prazer me irritam. Ela exagera, ela faz como lhe disseram para fazer, como nos filmes. Esfrego minha cara pelo ventre dela abaixo e começo a chupá-la. E se eu transasse com ela? Acho que ela não vai querer. Paro de chupar e desabotoo minha calça. Ele me olha e diz numa voz trêmula: "Eu não sei se... Não tenho vontade de...". Sua cara assustada me irrita. Quero que ela pare com essa comédia, que paremos os dois. Ela me toma as mãos. É uma burguesa esnobe que se dá ares de putana. Perdi minha Lolita. Na minha frente não sobrou nada além de uma Clarinha qualquer, igual a todas as outras meninas já meio rodadas. Me levanto. Ela me alcança no patamar da escada. Quase chorando: "Espera, por favor, não vai embora assim!". Respondo seco: "Não vou ficar a troco de nada". Ela diz: "Tá bom". Ela ajoelha, abaixa meu jeans e começa a me chupar. O rosto dela crispado. Ela não gosta da coisa. Me afasto. Olho direto nos olhos de pássaro assustado dela e digo: "Vou embora, Clara, e não precisa ficar zangada comigo. Caindo fora assim, você e suas amiguinhas vão ter assunto por meses a fio. Vou me transformar naquele que te dá todo o direito de dizer que os caras são uns filhos da puta, aquele que te autoriza a chorar ouvindo música. Fico contente de ser o primeiro babaca que humilha você a troco de nada. Pelo menos você vai se lembrar de mim".

Eu teria ficado se ela tivesse rido. Em vez disso, ela me esmurra gritando para eu cair fora. Corro escada abaixo, largando Clara de joelhos. Na rua, me sinto mal. Ligo pro Augustin. Clara vai me atormentar durante uma semana. Devo admitir que me sinto culpado. Vou mandar um torpedo para ela me desculpando.

A senhora Loudeu sai da sala como uma fera fora da jaula. Ela cumprimenta minha mãe com muita educação, depois se vira para mim com uma compaixão claramente fingida. Ela parece uma formiga, com seus grandes olhos negros e seu cabelo curto.

"Sacha, há vários meses a equipe pedagógica está de olho em você."

Não respondo nada.

"Devo deduzir que você não está se esforçando. Certo?"

Minha mãe tem um ar muito atento. Se eu tivesse coragem, mandaria a senhora Loudeu à merda. Diria calma e simplesmente: Quer saber, senhora Loudeu, vá à merda.

Ela continua: "Você sabe que a repetência é uma opção a ser considerada".

Como eu não digo nada, minha mãe intervém: "Nós sabemos, senhora Boudeu".

Merda, minha mãe às vezes é uma babaca.

"Loudeu, com L de lápis", responde minha professora de matemática, seca.

No carro, minha mãe me diz quase chorando: "Não entendo mais você. Não entendo por que você não se esforça. Promete pra mim que você vai se esforçar?".

Prometo.

"Mãe, dá pra você me deixar no Augustin?"

Sei que eu exagero, mas sei que ela vai topar.

Ela pergunta: "Por quê?".

Respondo: "Tô a fim de estudar com ele, o Augustin é melhor em matemática do que eu, ele vai me ajudar pra prova de quarta que vem".

Minha mãe não acredita em mim, mas cede. Antes que eu saia do carro, ela me segura o braço e diz: "Te amo, Sacha, e sei que você tem valor. Se liga, corre atrás...".

"Pode deixar, mãe, já te prometi..."

Bato a porta.

Augustin está fumando um baseado. Ele não parece surpreso de me ver. Jantamos, não falamos sobre nada. Jogamos uma partida de "Dead or Alive". Ele acende outro baseado bem na hora em que pergunto: "Você tem aula amanhã?".

"Ahnnmm. Depende..."

Eu rio e respondo: "Ah, tá, e depende de quê?".

Ele acaba de apertar o beque.

"Ah, de se a gente vai dormir ou não."

Vejo que não vou à aula amanhã, e essa ideia me deprime. Ele percebe e me pergunta o que eu tenho.

"Sei lá... Impressão de pirar, de estar velando meu próprio caixão. É, de estar velando minha própria vida, eu diria... No fundo, não sei se dá pra você entender... A gente não se conhece há tanto tempo assim. Antes de te encontrar eu não era assim..."

Ele corta: "Assim como?".

"Sei lá, eu não saía o tempo todo..."

Ele sorri.

"Se é isso que te incomoda, a gente sai menos. Te conheço, Sach, é só um lance de estresse 'pós-reunião escolar'. Nada grave."

Ele deve ter razão. Ele diz: "Você já vai ver se eu te conheço ou não".

Ele me beija mordendo o meu lábio.

Nessa noite...

Olhares, sexos, sexos duros por horas a fio, acasos felizes roçando minha bochecha, agora é sério. Eu o conheço, seu corpo, quanto corpo a corpo ainda. Sensuais e sem saída... Preciso dar um tempo, tempo pra um cigarro. Nessa noite, a fumaça parecia querer ocultar nossos olhares que procuravam na obscuridade as reações em cadeia do outro posto em cadeias. *Restam só duas bitucas de cigarro. Go. Não diga nada, nada a fazer. Lá vamos nós. Vasos comunicantes, na tua boca, tua boca que se esgarça, esgarça minhas costas. Deixei ele fervendo de febre. Por horas a fio...* Ele tinha acabado uma primeira vez, ele parecia não controlar mais seus movimentos. Longe de ter ido a nocaute, eu disse o.k. *O.k. pra essa dança. Hip hop, de mansinho, não tenho medo quando meu coração se encontra à beira da tua garganta. Sentidos despertados, despertador marcando 4h54. Tá cansado? Nem eu. Vamos botar de novo as cobertas? Boy, você tá pronto? Diz aí, você acha que a gente pode ficar fazendo isso por muito tempo?* Nessa noite... *Seis e dez... Sessão à vontade, me cata inteirinho. Suas unhas nas palmas da minha mão, se enterrando feito navalhas que rasgam os tecidos sem dor, deixando o sangue escorrer tranquilo ao longo das estepes brancas. Isso não muda nada, não é? Diz aí, a gente não vai mudar? O sono não pesa. Já não lembro de quantos rounds... Pronto, você desaba, rola de lado, cabeça inclinada. No terceiro golpe, você tá out, eu tô empty, em posição fetal. São oito horas, você dorme. É assim.*

Vou tomar um café com o Quentin. Eu o encontro às três da tarde e logo percebo que ele está bêbado. O bar é quase insalubre. Não tem nem janelas nem fregueses. Quentin normalmente é loiro, mas seu cabelo está tão sujo hoje que parece meio castanho, meio ruivo. Não tenho vontade de falar com ele sobre seu estado. Sei que a resposta dele será sinistra e que vai mais é me deixar deprimido. Acho que ele largou a escola e que seus pais o expulsaram de casa. Agora ele vaga por aí. É o tipo de cara com quem você cruza em todo canto, que conhece todo mundo. "Você me descola um cigarro?", pede ele me olhando firme nos olhos. É o tipo de cara que nunca tem dinheiro. Ele está sempre se perguntando como vai fazer pra obter alguma coisa de você. Puxo um papo.

"Então, quais as novidades?"

"Tudo bem."

É o tipo do cara que não se força nunca a fazer perguntas. É bastante mal-educado, em suma.

"Tá fazendo o que agora?"

"Compondo com a minha banda."

Eu nem sabia que ele tinha uma banda. Acabo me perguntando se não estaria chapado.

"Você toca que instrumento?"

"Guitarra."

O garçom chega. Ele pede uma taça de vinho. Noto no fundo do café uma velha que escreve freneticamente num caderninho. Ela tem jeito de louca.

"Você toca guitarra?"

"Não, piano."

Ele não me ouve. Não sei por que ele me ligou. Vai ver ele sabe que eu vou lhe pagar uma dose. Olhando pra ele, dá pra sentir uma impressão de vazio, de ausência de objetivo, de plano, como se ele não existisse de fato. Essa ideia me deixa um pouco incomodado. Vejo que ele segura um caderno.

"O que é isso?"

Ele me passa o caderno.

Esmurrar uma estrela.
Machuquei minha mão.
Sou um vampiro, sério.
Meu ego é meu império.
Esmurrar uma estrela.
Machuquei minha mão.
O sangue escorre sob as estrelas.
Vou caminhando em vão.
Machuquei minha mão.

"É uma parlenda?", eu pergunto, rindo.

"Você gosta?"

Me vejo obrigado a mentir.

"Gosto, é legal."

Pago a taça de vinho dele. Quentin fica sentado, impassível, e antes que eu saia ele solta, sem motivo: "Até mais", e eu não sei por quê, mas tenho certeza de que não voltarei a vê-lo.

Vamos almoçar hoje num bistrô sinistro, eu e o Augustin. Não conversamos. Depois de um tempo ele diz:

"Lembra da Martine?"

Faço que sim com a cabeça. Ele continua deglutindo uma generosa garfada de steak tartare.

"Fiquei com ela de novo no sábado."

Ele faz uma pausa, depois continua, pondo sal na carne: "A gente tá saindo".

Não entendo por que ele me diz isso. Também não encontraria motivos para que ele não dissesse.

"Ela é muito... como dizer... muito pura. É, pura, e eu gosto disso."

Augustin, é preciso amá-lo demais, amá-lo até a loucura, senão é melhor matá-lo. Ao vê-lo separar e depois deglutir outra porção de carne, tomo consciência do perigo que ele poderia representar. Ele se alimenta das emoções dos outros. Ele nunca fez distinção entre o bem e o mal. Não é que ele goste da pureza da Martine, ele se alimenta dele mesmo. Sempre o considerei um camaleão que se adapta, que vai mudando ao sabor dos encontros. Estava equivocado. Ele é um vampiro.

Ele me pergunta se eu quero um baseado antes de voltar pra escola. "Você é um vampiro", eu lhe digo, num leve tom de sarro.

"Você quer um baseado?"

"Quero."

"Tem suco de laranja?", me pergunta Jane olhando o pôster de *Scarface* acima da minha cama.

"Tem, acho."

Ela não se mexe. Tinha esquecido que ela roía unha.

"Agora há pouco, liguei pro escritório do meu pai. O assistente dele me disse que ele estava em reunião e que eu devia ligar depois."

Ela se abaixa para catar uma camiseta minha jogada por ali. Ela a deposita no chão.

"Liguei de novo uma hora depois. Ele continuava em reunião."

Estamos no escuro. Só vejo seus olhos. Duas folhas de menta úmidas. Ela fala baixinho. Ela não poderia me dizer tudo isso em voz alta.

"Liguei mais uma vez e o assistente me disse que meu pai estava de saída. Insisti que eu queria falar com ele, mas o assistente não quis passar a ligação. Pelo visto, meu pai não tinha tempo. O assistente me perguntou se ele podia transmitir uma mensagem. Hesitei um pouco. Disse pra ele desejar um feliz aniversário ao patrão da parte de sua filha."

Ela se detém e é como se o silêncio pendesse de seus lábios. Ela fica sexy roendo unha. Não sei se ela vai dizer mais alguma coisa. Ela ri.

"Não tem suco de laranja?"

Vou pegar uma garrafa de suco de laranja e uma de rum. Quando volto, ela está fumando um cigarro. Ela diz: "Acho que vou terminar com o Paul".

Volto a me sentar na cama. Me dá vontade de sair. Despejo um pouco de rum na garrafa de suco de laranja. Ela dá um gole.

Ela diz: "Mas o problema é que eu não sei se consigo".

Pergunto: "Você ama ele?".

Ela olha de novo o pôster de *Scarface*.

"Acho que não consigo."

"Você não quer se mexer um pouco?"

Ela levanta e tira a blusa sem palavra. Ela apanha minha camiseta do chão e veste. Ela se posta diante do espelho. Ela diz: "O que você acha?".

Não sobrou nada na garrafa. Ela se volta pra mim e eu me sinto intimidado. Digo: "Te acho linda".

Ela não parece acreditar em mim. Ela vem se sentar de novo na cama. Ela toma a minha mão.

"Eu também te acho lindo."

Os cabelos dela tocam meu ombro.

Ela diz: "Posso te beijar?".

Penso em Clara. Sua presilha violeta que caiu no chão. Jane me beija. Eu teria gostado de botar uma música. As mechas que grudam na pele das meninas nas noites de verão. Cheiro de açúcar. Deito na cama. Meu primeiro beijo atrás de um arbusto no terceiro ano. Agarro os pulsos dela. Penso em Augustin e em Martine. Tiro a roupa dela, tiro a minha roupa. Seu rosto lindo, sublime boca em lótus. Seus olhos não são mais verdes, são azuis, mágicos, como um coquetel sofisticado. Teríamos vergonha da luz diurna. Reflexos cheios de fumaça. Um lenço sobre o carpete bege. O tempo estica como um chiclete, infinito e acidulado. Isso dura um quarto de hora.

Ela levanta.

"Posso ficar com a sua camiseta? Gosto muito dela."

Noto gotas de suor na testa de Jane. Ela volta para frente do espelho. Me dá vontade de ligar pro Augustin. Ela está de sutiã. Ela retoca a maquiagem. Ela veste minha camiseta.

"Vou nessa."

Ela não parece chateada e estou certo de que ela faz um joguinho.

"A gente se liga logo."

Ela sai. A porta do apartamento bate. Ligo pro Augustin.

Ao chegar no pátio quadrado do Louvre, me dou conta de que o dia nasceu. O céu está quase azul. Sigo Augustin como um robô. Ele mesmo não sabe aonde vai. Ele se senta na borda de uma fonte perto da maior das pirâmides. Ele botou seus óculos escuros de aviador. Eu tiro os óculos dele. Ela canta "Cendrillon", do Téléphone, mas logo constato que, na verdade, ele apenas repete sem parar as duas primeiras frases. Ele para, acende um cigarro e me diz: "Antes daqui a gente tava onde?".

Eu rio, depois me toco que não sei, então paro de rir. Descanso a cabeça no ombro dele e minha outra mão escorrega até o fundo do tanque da fonte. Ele me passa seu cigarro, que eu seguro por um longo tempo, esqueço de fumá-lo. Meus olhos explodem de fadiga ou de outra coisa, e quando o sol começa a queimá-los resolvo voltar para casa. Augustin permanece sentado. Pergunto-lhe por que ele não vem, e, como ele não me responde, entro num táxi que aparece como por milagre no meio do pátio quadrado do Louvre.

* * *

Fumaça preta sai de um prédio em algum lugar atrás do Beaubourg. A fumaça desenha coisas no céu. Sei que se eu me aproximasse do incêndio começaria a ouvir gritos, a ver bombeiros apurados, água de esgoto projetada contra as janelas negras. Visto de casa, visto de longe, o incêndio é belo. Há uma semana, assisti a uma reportagem sobre os testes nucleares no deserto de Nevada, nos anos 60. Os turistas admiravam os cogumelos de fumaça, fascinados pelas precipitações cinzas e rosas sobre seus cabelos. De longe, tudo pode ser poético. Meu celular toca. É Dominique. Marcamos um encontro. Não há mais desenhos no céu, só a fumaça preta e espessa.

Dominique parece estressada. Pergunto por quê.

"É o Matthias."

Matthias tem dezessete anos. Ele é meio pintor, não muito maluco. Ele gostaria de ser, no entanto. Ele é grande, vagamente loiro, vagamente roqueiro, vagamente inteligente, vagamente simpático. Gosto dele. Ele está há quatro meses com a Dominique.

"Ele me disse que ia se suicidar e eu caguei pra ele, mas ele não atende mais depois de ontem."

Ela está com uma leve angústia. Ela esfrega freneticamente um saquinho de açúcar entre o indicador e o polegar. Pergunto: "Você ligou na casa dele?". O saquinho de açúcar acaba furando.

"Claro. Pelo menos dez vezes! Ele não atende e os pais dele não estão lá." O açúcar se derrama na mesa.

"Você podia chamar pelo interfone. Você tem o código, não tem?" Ela sopra o açúcar pra espalhar, daí ela desenha um rosto sorridente.

Ela me olha, ausente. Ela acha boa a ideia. Ela me diz:

"Você não quer vir comigo? Por favor."

Ela passa a mão na mesa e o rosto se apaga.

Dominique retoca a maquiagem mirando-se no retrovisor de um carro. Ela parece nervosa. Lembro de uma noite na casa dela. Ficamos nos beijando durante horas. Boca a boca de pré-adolescentes, nojento, proibido e maravilhoso. Lembro do gosto daquela língua, sabor de pasta escolar de papelão. A respiração puladinha. Dominique digita o código. Ela não deve mais beijar daquele jeito. Entramos, ela aciona o interfone. Uma voz rouca se faz ouvir. "Matthias?" Nenhum ruído durante um longo intervalo, daí, de repente, alguém destrava a porta pelo interfone. Dominique entra, pedindo que eu a espere por dez minutos.

"Em dez minutos, eu termino. Não suporto mais essas torturas psicológicas", ela me diz enquanto vai se afundando na obscuridade do saguão, sem se lembrar de acender a luz. Ouço seus passos na escada. Ouço cada vez menos. Uma porta se abrindo.

Não vou esperar dez minutos. Sei que Dominique não vai descer. Aos catorze anos a gente adora torturas psicológicas.

Na aula de física, Flora me pergunta se eu tive mesmo "relações com Augustin". Quero saber por que ela me pergunta isso. Ela responde que todo mundo está falando depois de ontem. Os alunos da minha classe cochicham e se voltam para mim. Não sei o que fazer. Tenho medo de que o Augustin me acuse de ter contado. É preciso ser metódico, resolver os problemas um a um. Primeiro Flora, a quem sussurro com firmeza que tudo não passa de fofoca. Acho que ela não acreditou. Azar, não tenho tempo para convencê-la. Ninguém tem provas, é o que digo a ela. Ela parece chateada.

"Sabe, é que uma conversa pelo MSN entre você e ele anda circulando na internet", ela me diz, quase atarantada por confrontar minha mentira.

"Do que você tá falando?", eu digo com uma voz que deixa transparecer muita emoção.

"É, isso aí, uma conversa entre você e ele."

Ela faz uma pausa durante a qual tira os olhos de mim para contemplar suas tranças de estilo africano. Ela continua: "Ele diz que te deseja e você responde que sente o mesmo, mas que no sábado não vai poder porque é aniversário do seu pai".

Fico atônito. Me lembro bem dessa conversa. Respondo que alguém deve ter pirateado essa conversa, que eu jamais escrevi aquilo. Minha desculpa é ridícula. Flora parece cada vez mais chateada. Lembro que no fim daquela conversa pedi para o Augustin descolar um grama de pó para a gente. Saio da sala. Preciso reagir. Ligo para o Augustin. Pela entonação dele no aparelho, saco que está furioso.

"Augustin, não sei o que aconteceu, eu não disse nada, te juro..."

"Eu não disse nada pra ninguém!"

"Nem eu..."

"E o que é essa conversa no MSN, porra? Nunca te escrevi nada disso! Foi pra você posar de figurinha interessante ou pra foder comigo?"

Nunca o vi tão bravo. Para mim soa como um tiro. Respondo: "Escreveu sim, vê aí se você se lembra, eu ia ao aniversário do meu pai. Eu tinha pedido pra você descolar um grama".

"Tá falando do quê?"

Não entendo mais nada. A conversa aconteceu, tenho certeza.

"Vai ver alguém pirateou o MSN..."

"Por que alguém faria isso?"

"Sei lá."

Ele não diz mais nada durante alguns segundos, daí, por fim, emenda: "Que merda, cara. Que merda".

Uma imagem me atravessa o espírito: um meteorito hipotético xispando direto para a Terra que se atrita depois de cruzar a camada de ozônio, e eu penso que, mesmo procurando bem, é raro achar fragmentos de meteorito na Terra. Ao cabo de um momento, eu digo: "As pessoas esquecem rápido. Sábado vai ter uma festa. Se você quiser, a gente vai junto...".

Ouço ruído de cigarro sendo aceso, daí ele diz: "Que merda. Me liga".

Ele desliga.

Senti falta do gosto de metal. Ando rápido no frio, olhos arregalados, insensível. É como se a cidade estivesse congelada. As pessoas que passam não são tão interessantes a ponto de terem uma cara. Vou a uma festa no boulevard Raspail. Quero me mostrar. Se Augustin e eu fizermos uma dobradinha, tudo vai ficar bem. Me pergunto se ele ainda me quer. Ele me disse que estaria lá. Não sei por que fui comprar cocaína. Toco a campainha. Lá dentro não tem luz, mas sobra gente. Entro no que parece ser o cômodo principal. Minhas pupilas se deslocam rápidas. Foco cada rosto. Augustin não está lá. As pessoas começaram a cochichar desde que eu entrei. Tremo. Ninguém se aproxima de mim. Me mando direto pro banheiro. Tem gente lá dentro, mas não cumprimento ninguém. Peço que eles saiam. Roubei o espelhinho portátil da minha mãe, pego o papelote, mas, como estou tremendo cada vez mais, tenho dificuldade em esticar direito as carreirinhas. Ergo o rosto. Um cadáver todo branco. Preciso me esconder aqui até parar de fungar. Nada de chocante, ao fim e ao cabo. Lá fora é a arena, as feras, a solidão. Lá fora está a guilhotina, a corda, o desprezo. Lá fora é a realidade. Batem na porta e eu volto pra sala. Tento me sentar discretamente num sofá. Meus amigos não estão aqui nesta noite. Augustin não virá. Um babaquinha invisível se volta para mim e me interpela com sua voz maligna. Todo mundo para de falar. Eles aguardam minha reação. Alguns riem. Uma bestinha me joga: "Você é foda, eu sou apaixonada pelo Augustin já faz dois anos, e vem você e mata a minha ilusão. Vale a pena, pelo menos?".

Ela explode de rir, os outros também.

"Vai se foder! Você tá falando merda!"

Estou ardendo. Meu nariz sangra e demoro para me dar conta disso. Por fim, passo a mão nas narinas. Meu sangue é claro, tem manchas brancas. Alguém grita: "E o pó, também é fofoca?".

Um outro emenda: "Você é ridículo!".

E outro ainda: "Você é um merda!".

Um último enfim: "Cara, você tem catorze anos!".

Na rua, digito o número do Augustin. Ele não atende e eu deixo uma mensagem. Ele não vai me ligar.

O oceano é negro no final da praia. Alguns pescadores se empenham para que amanhã eu possa comer peixe. Faz calor e meus dedos colam no cigarro. Queria botar os pés na areia, que a essa hora deve estar fria. Eu com certeza me decepcionaria. Penso no Augustin. Preciso aceitar que a minha vida está vazia de mim mesmo e repleta dele. Acendo cigarros sem parar, deixando que se consumam no cinzeiro. Enquanto tiver cigarros, não serei obrigado a ir dormir.

Só dá russo nesse hotel. Eles matam a minha ideia de uma Rússia campesina e nevada. Uns homens vão e vêm pela praia vendendo toalhas de mesa, e eu me pergunto quem vai comprar toalha de mesa na praia. Gostaria de ficar doidão com alguma coisa. No almoço, acendo um cigarro. Minha mãe não reage. Hoje, nuvens pairam sobre a ilha. Minha mãe diz: "Não é legal fumar na minha frente. Se você se esconder, vai fumar menos".

Não apago meu cigarro e minha mãe não diz mais nada. Me sinto pesado, inútil. É isso as férias. Vou ligar pro Augustin hoje à noite.

Noite. Ele atende. Ele parece contente por falar comigo. Isso me alivia. Desligamos logo, pois as ligações custam caro.

Tive um sonho essa noite. Eu estava com minha mãe, Augustin e a mãe de Augustin, na Étoile, debaixo do Arco do Triunfo. Eu segurava uma garrafa de vodca diante de um Augustin caído no chão, agonizante. A mãe dele aos prantos me explicava que eu devia matar a garrafa se não quisesse vê-lo morrer. Minha mãe cochichava no meu ouvido que aquilo era uma armadilha e que a garrafa continha arsênico. Eu não sabia mais em quem acreditar. Eu bebia da garrafa e cuspia fora o destilado, a contragosto. Augustin não parava de sofrer. Daí, saído do nada, Fellini aparecia e, rindo, dizia: "Corta! Tá na lata!". Todo mundo se punha a rir. Augustin se levantava e eu me calava, envergonhado de não estar entendendo nada.

Ao acordar, vou procurar vodca no frigobar. Não chego a beber, embora devesse. Tem suco de grapefruit. Perfeito. À tarde, me sinto relaxado e durmo ao sol. Quando acordo, estou só na praia. O sol se põe e eu entorno a vodca. Começo a me encher das ilhas Maurício.

Sábado. Levanto ao meio-dia. Suco de laranja. Praia. Festa de gala. Lagosta. Sol, daí sombra, daí sol. Leite de coco. Um Lexomil. Salada de macarrão e um copo de vinho. Catorze cigarros. Vou dormir às duas horas. Parto amanhã. Enfim.

Olho pela janela e tudo é negro. Não tem nada para ver, nem o mais ínfimo barquinho perdido no meio do oceano. Os retornos são longos quando não há ninguém esperando você na chegada. Peço à aeromoça uma taça de vinho branco e ela olha para a minha mãe, para ver se tenho autorização.

"Tem certeza de que não quer uma coca?", pergunta minha mãe bebendo sua taça de champanhe. "Sabe, na conta do hotel tinha um monte de..."

Sei o que ela vai dizer e sei que não teria cara de negar. Ela faz uma pausa, daí continua:

"Álcool... Quase todas as noites... duas ou três garrafas por noite..."

Respondo de olhos voltados para a janela:

"Garrafas não, mamãe, miniaturas... Eles devem ter te engambelado, peguei uma vez, só pra rir um pouco."

Ela pousa a mão no meu ombro.

"Só pra rir um pouco?"

Me dá muita vontade de chorar. Queria que ela me envolvesse em seus braços. Ela e eu andamos muito distantes um do outro. Ela me segura pelo pulso, e sob seus dedos de mãe protetora sinto minhas cicatrizes ardendo. Com violência, rejeito sua mão. Eu deveria parar com tudo, me cuidar, encontrar a mim mesmo, encontrar minha mãe. Não consigo mais ver através da janela. Não distingo nada além do meu reflexo, meio transparente.

"Tudo bem, mãe, me deixa quieto."

E durante o resto da viagem ela me deixa quieto.

Flora se sente sexy hoje. Dá pra ver isso, é exasperante. Seu quarto é alaranjado, branco e vermelho. Tem um pôster da Björk na parede, a capa do disco *Homogénique*. Isso me lembra Los Angeles. Eu escutava o tempo todo esse disco. *If travel is searching, and home what's been found*. Adoraria voltar pra lá. *Sunset*. Flora bota "Rock 'n' roll suicide", do Bowie, no laptop dela. Ela veste uma camiseta grande, preta, com personagens desenhados em branco. Ela segura uma garrafa de vinho tinto pela metade. Ela está se achando sexy hoje, e isso me deprime. A torre Eiffel cintila. Me pergunto quantas pessoas ainda estarão acordadas para olhar a torre. Flora pega o baseado que Augustin lhe passa. Ela deita na cama rindo, bêbada. Ela tira a camiseta e fica de sutiã. Ela tem belos seios. Pergunto pro Augustin se ele não tem outra coisa além de fumo. Ele me passa um papelote de coca. Flora parece um pouco chocada e eu demoro alguns segundos a perceber que ela na certa nunca cheirou pó. Pergunto se isso é um problema para ela.

"Ah... Vocês cheiram muito? Quer dizer, muitas vezes?"

Olho pro Augustin. Me aparecem dezenas de imagens, como fotos sujas e desfocadas: banheiros nojentos, cartões de crédito para menores, gotas de sangue ao amanhecer sobre o meu travesseiro azul. Augustin mente melhor que eu, ele a tranquiliza: "Não, só de vez em quando, pra delirar".

Ele me pede o papelote com um sinal. Eu obedeço, ele prossegue: "Você devia experimentar, tenho certeza de que você vai curtir".

Ela está perdida. Ela se vira pra mim, buscando uma resposta em algum lugar dos meus olhos ávidos. Flora é uma das minhas melhores amigas. Eu devia dizer a ela que não é boa ideia. No fundo, tô cagando. Noto nos olhos do Augustin algo diabólico. Ele vai até uma estante. Ele pega um CD e esvazia em cima o conteúdo do papelote, esfacela os pedregulhos, estica umas carreiras, enrola uma nota de cinquenta euros, cheira uma linha, levanta a cabeça, dá uma fungada ruidosa, me passa a nota, me vê cafungar. Por fim, volta-se para Flora. Ela parece ter medo. Quero que ela cheire. Tenho vontade de ver Flora no mesmo estado que a gente. Ver suas pupilas aumentarem. O nariz dela se aproxima de mansinho do CD. Ela não consegue cheirar uma linha inteira, então para no meio, daí recomeça. Sobrou uma linha no CD e pelo menos três no papelote. Deixamos a última para Flora e esticamos as outras três para a gente. Só ouvimos a fungação, o muco que escorre pela garganta. Flora diz: "Meu nariz tá ardendo", e Augustin e eu respondemos ao mesmo tempo: "Isso passa". Ela apaga a luz e volta para a cama. A torre Eiffel não cintila mais. Augustin beija Flora, eu escuto os dois. Uma lamparina a óleo laranja e vermelho permanece acesa no criado-mudo. A mão de Augustin desliza para dentro da calcinha de Flora. Ela se crispa, suas costas se arredondam. Ela suspira e fecha os olhos. Me aproximo. Beijo Flora, ao mesmo tempo que Augustin tira completamente a calcinha dela. Começo, eu também, a boliná-la com o dedo. Por acaso, topo com a mão de Augustin. Estamos muito acelerados, muito violentos. Acho que Flora não está muito bem. Ela começa a rir. Esse riso, conheço ele de cor. O riso dos chapadões. Sobre o criado-mudo há umas fotos. Flora com seus pais no Havaí, Flora a cavalo, e aí uma foto da nossa turma na Disneylândia. Estão lá Flora, Jane, Rachel, Quentin, Alexis, Grégoire, Dominique, Nina e eu. Estamos na frente da Space Mountain. Temos onze anos. A gente sorri, a gente parece bem. Contentes por estar lá. A gente tinha saído de manhã cedo no RER, e lá no parque corríamos pra lá e pra cá, excitados. Tínhamos comido num fast-food temático inca. Mal acredito que isso só faz três anos. Três anos. Não é nada. É um monte de nada em três anos. Me lembro de uma festa surpresa na casa de Melissa. A gente dançando ao som de R. Kelly. Revejo Flora com uma camiseta rosa no ateliê de modelagem em argila da escola, no segundo ano, tentando modelar um urso. Ela começa a bater uma punheta pro Augustin, que funga feito um doido. O ateliê de modelagem. Ela toca uma pra mim também. Bebo vinho ao mesmo tempo. Três anos. Esse gosto amargo. A dança. Ela chupa o Augustin e eu, alternadamente. Flora tem um ano a menos que a gente. Ela não sabe fazer aquilo muito bem. Ela tem um ano a menos, não é culpa dela. Björk nos olha, assustadora à luz da lamparina. Fecho os olhos. Entra uma nova música.

The kisses of the sun were sweet. I didn't blink. I let it in my eyes like an exotic dream. Just la la la la la.

Augustin geme de prazer, Flora também. Ela é uma das melhores alunas da nossa classe. Acho que Augustin está penetrando Flora. Será que ela é virgem? Tenho vontade de fazer igual. Preciso dizer a ela que a gente tem de preparar nossa apresentação oral para quarta-feira.

E o avião aterrissou suavemente, como em sigilo, bem em cima de milhões de vidas, em cima das casas espalhadas como Amendocrem entre as montanhas e o mar. Ladies and gentlemen, we just landed in Lax, Los Angeles, Califórnia. *Minha mãe tinha avisado: "Você vai sentir uma coisa muito forte quando o avião pousar no meio da cidade". Ainda não me refiz. Alugamos um Mustang amarelo. Eu não entendia nada desta cidade que parecia morta. Eu não via ninguém nas ruas. Não havia outra coisa senão casas em quantidades infinitas, absurdas. 10500, Santa Monica Boulevard. Tinha também rodovias acachapadas pelo calor, longas, retas, inverossímeis. Cidade de rodovias que não levam a parte alguma. Nas mesas dos restaurantes, o vinho espumante crepitava. A luz do sol se esbatia sobre o oceano, se refletia no para-choque das picapes, indo dar nas janelas metálicas dos edifícios da Century City. Os monstros se assemelhavam aos humanos.*

Quando eu fechava os olhos, o silêncio se igualava ao vento quente que atravessa o deserto. Um coiote agonizava. Uma jukebox quebrada difundia aos rangidos uma velha canção esquecida. O cheiro de sangue impregnava o saguão do nosso hotel, como se cadáveres se escondessem atrás das portas. Todas as noites, minha mãe e eu tomávamos de assalto a Tower Records, na Sunset, não longe do Chateau Marmont, diante de outdoors imensos e decadentes. Outdoors tão iluminados que a gente esquecia o que eles estavam anunciando. A gente ia se perder nas colinas até desembocar na Mulholland Drive. Em Malibu, minha mãe me disse: "Estamos no fim do mundo". É fato que em Los Angeles a gente está no terminal, no ponto mais distante. Como se alguém tivesse passado um rodo no resto da Terra arrastando todo o egoísmo, o excesso, a beleza e o mistério até aqui. Cidade do vazio. Talvez por ser aqui que terminou a corrida pelo ouro. Cidade da decepção. Há um cartaz em Hollywood onde se lê: Anything can happen here.

A manhã seguinte é brutal. Uma garrafa de vinho barato, um pouco de cinzas por todo canto e o nariz cheio de cracas. Faz muito frio no quarto, alguém abriu a janela. Levanto para ir fechá-la procurando não acordar Augustin, que está sozinho na cama. Meto a cueca e vou pra sala onde encontro Flora vendo Lizzie Mcguire. Ela não tirou a maquiagem e eu me sinto incomodado cada vez que ela aproxima sua cumbuca de cereais da boca vermelha de batom. Sento ao lado dela. Nem dizemos bom-dia. Lizzie e Miranda, sua melhor amiga, brigam e depois se reconciliam. Não falamos de ontem à noite. Digo a ela que vou tomar uma ducha. No quarto dela, encontro Augustin.

"Achei que você tinha ido embora", ele diz.

"Não. Vou tomar uma ducha."

"Posso ir junto?"

"Tô realmente a fim de me lavar."

"Mas eu também."

Na ducha, a água demora a esquentar. Augustin entra. Peço a ele que espere enquanto eu lavo o cabelo. Ao fechar os olhos sob o jato d'água, repito pra mim mesmo que eu poderia estar em qualquer lugar. Em qualquer lugar diferente, longe.

"Foi bacana ontem à noite, né?", ele diz.

Qualquer lugar diferente, longe.

Faz frio no quarto e eu não me lembrei de pegar toalha. Permaneço imóvel e gelado esperando Augustin sair da ducha. Ele demora um tempão, e quando sai do banheiro já está vestido. Eu me visto, vou me despedir de Flora e volto para casa. Vai ver eles vão fazer tudo de novo. Na certa eles vão fazer tudo de novo.

Augustin está se estranhando com um cara. Eu o vejo do outro lado da pista de dança. Ele acerta o cara, que cai no chão. Ele continua a dar murros no outro ainda caído. Ele vem até mim com um sorriso besta. "O que você tomou?", pergunto. Ele explode de rir. "Saca ecstasy?" Ele se escangalha de rir. Eu digo: "Você tá realmente virando um babaca". Ele parece ofendido com o corte no seu pique de alegria. Sem dizer nada, ele levanta e se afasta. Eu não esperava por isso. Volto pra casa.

Ele me liga às quatro horas e diz que está "aterrissando". Ele está no saguão do meu prédio. Falo pra ele subir. Ele vai vomitar no banheiro. Ele fica nu em pelo, ele deita na minha cama. Ele me beija e isso me repugna. Ele faz uns barulhos animalescos. Ele goza, ele geme, ele dorme, enfim. Meu olhar se choca com a parede. Ele dorme ao meu lado e pela primeira vez não tem nada de natural nisso. Vou até a sacada. Paris está escura. Os prédios e os monumentos são sombras baças. Uma imensa e informe massa. A cidade se fecha, ela é só um bloco hermético. Eu penso: Cheguei ao meu limite, ele ainda não.

Acho que ouvi ele se levantar. Mas é só o gato que adora vagar pelo meu apartamento vazio à noite. O vento me faz lembrar que estou nu diante de uma cidade inteira. Nesta noite ele veio à minha casa porque não podia fazer diferente. Ele teria preferido não vir. Essa violência. Um dia ele vai gozar e partir sem dizer nada. Tenho certeza.

A noite vai encurtando cada vez mais nessa época. Saio de uma livraria com um frasco de Porto no bolso. Sinto dor de cabeça, por isso só bebo aos golinhos. Ando sem destino, à espera das estrelas ou de outra coisa. Me acho no saguão do prédio do Augustin. Sento nas lajotas brancas e pretas de mármore. Continuo bebendo. Tenho a esperança de que ele desça e me encontre bêbado. Talvez ele me faça subir para o seu quarto. A noite cai e o sol assume um jeitão de tabuleiro de xadrez. À meia-noite sigo cambaleando pra casa.

É meu aniversário. À noite, jantar no restaurante com meu pai e minha mãe. No Costes. Coisa já vista e revista e revista. Tomei um calmante antes de vir. Como todos os anos, meu pai me escreveu, e antes mesmo de abrir o envelope eu já sabia o que ele escrevera. Ele queria que a gente se aproximasse, ele sempre me amou, ele sente orgulho de mim. Meu pai adora escrever belas cartas. Na semana passada, minha mãe me disse que ela queria que eu fosse ver um psicólogo. Ela acha que eu não estou bem. Ela deve ter razão. Já fui ver um monte de psicólogos na vida, comecei cedo, com quatro anos. Não gosto dos psicólogos. Tento sempre ficar amigo deles, busco sua compaixão, seu desprezo ou respostas. Acho que um psicólogo deveria ter um único paciente. Não me agrada a ideia de partilhar. Um psicólogo é como uma escova de dentes, algo que não se partilha, questão de higiene. Minha primeira sessão com o dr. Valenge aconteceu às 18h45, no 8° *arrondissement*. Me deixei estar pacientemente numa sala de espera que parecia um banheiro velho.

"Então, Sacha, por que você quis me ver?"

Logo me deu vontade de ir embora.

"Não sei."

O dr. Valenge me olhou sorrindo, obviamente à espera de mais detalhes, daí engatou: "Considere nosso encontro como um jogo cujas regras você mesmo deve definir".

Achei que nunca mais voltaria àquele consultório. Pela janela, vi um arranha-céu. Só uma janela estava acesa nele. Me deu vontade de chorar. Uma vida longe, uma vida em algum lugar. Uma outra vida. O dr. Valenge me perguntou o que eu estava olhando. Respondi que ele dispunha de uma bela vista. Não disse mais nada, e ele, então, me perguntou como iam as aulas. A partir daí eu começaria a mentir ao dr. Valenge. Ia dar o que ele queria. Meus maus resultados, meu complexo de Édipo latente, meu relacionamento conflituoso com meu pai. Meus olhos permaneceriam fixos naquela janela ao longe. Alguma coisa me dizia que a janela me traria mais respostas às perguntas que eu não fazia.

Quando saímos do Costes, meu pai me toma pelo braço dizendo que me ama. Volto para casa e não consigo dormir. Olho o despertador. Duas e dez. Daqui a quatro minutos terei quinze anos. Não consigo saber se é o começo ou o fim de alguma coisa. Os dois, com certeza. Pronto, faz quinze anos que eu nasci.

Não tem festa hoje à noite. Não que eu saiba. Augustin me conta que comprou cogumelos. Tenho um pouco de medo. Já ele, morre de vontade. Ele diz: "Não vamos ter melhor ocasião.

Não tem ninguém lá em casa, não temos nada pra fazer... Senão, vou usar com outra pessoa...".

Não quero que ele *use com outra pessoa.*

O negócio não é bom. Tem gosto de terra. Deito na cama. Meus gestos ficam mais lentos, meu espírito vai mais rápido. O quarto está cada vez mais escuro. Há ecos no quarto, tem gente. Na verdade, só tem uma pessoa. Uma sombra, outra sombra, colada na cama, incapaz de levantar. Como eu. Os prédios começam a parecer perfis humanos. Narizes arqueados, bocas enormes. Olhos que não passam de espelhos para a noite.

O exterior fica muito longe. É preciso se reaproximar da vida. A vida é lá fora. Urge viver.

Caguei pros cenários, só me importo com a atmosfera. Queria me deixar conduzir num carro que não cessasse nunca de rodar. Veria paisagens das quais só me sobraria um sentimento de melancolia. Queria não ter mais necessidade de dormir. Queria me perder, me perder mil vezes e sempre me reencontrar. Quando eu crescer vou ser inconstante. Talvez seja desse jeito que a gente vire imortal. O negócio é se concentrar na noite. Ela, que promete grandes coisas. Os dias nos são dados de barato, as noites são ilhas a descobrir... Apenas me fascinam aqueles que se consomem, se incendeiam, se destroem.

Quer meu conselho? Vou te dar, de todo jeito! Você é um covarde. Pra valer. Obcecado pela noite, incapaz de se deitar depois das três horas. Você quer chutar pra frente a certeza de se reerguer. Sua vida é uma teoria! Sim, sua vida é uma multidão de teorias. Ação ou verdade? Lógico que você escolhe a verdade. Você é fascinado por aqueles que se destroem pela única razão de ser incapaz disso.

Mas eu não tenho medo da morte.

Ah, tá! Prove! Abra as suas veias! Não, assim não! Não me refiro a esses talhos ridículos. Pegue um faca de verdade e corte.

Você sabe muito bem que é preciso fazê-lo no sentido das veias. Suicide-se! Tá vendo, você não consegue.

Você se veria num campo de margaridas, haveria cavalos ao longe e, como fundo sonoro, um virtuose tocando piano. Você diria: que importa que esse campo esteja coberto de marias-sem-vergonha, que importa se esses puros-sangues não passam de mulas, azar se o piano soa como pianola. Pra você tá bom! Você não possui nada de abstrato e seus desejos de eternidade não passam de fachadas que escondem seu único desejo: o de ser amado.

Eles vestem as mesmas roupas com que foram dormir ontem à noite. De vez em quando, eles engolem pílulas, às vezes dão umas trombetadas nasais. A porta do quarto fechou sem que eles se dessem conta. Um dorme, o outro tem os olhos abertos. É esse último quem sonha. Ele vê apenas mosaicos que explodem, partículas independentes umas das outras. Constantemente eles assassinam seus estômagos, todo dia eles queimam seus pulmões. Suas pupilas são como prismas trincados, caleidoscópios de mil fragmentos. O dia amanhece e eles não se abalam. O sol passa na frente deles, mas eles não o veem.

Amanhã, recomeçarão.

Acabei de ganhar um sobrinho. Meu irmão tem um filho. Serei tio para sempre. Sinto vontade de me aproximar do meu irmão, do meu pai, da minha irmã, assim, repentinamente. De recomeçar. Vou ser mais delicado dessa vez. Talvez seja tarde demais. Vou ter que saldar quinze anos de egoísmo. Eles não sabem como vão chamá-lo. Há oito meses nem liguei quando meu pai anunciou: "Vou ser avô". A gente estava no Flore. Tirei sarro da cara dele. Sugeri nomes ridículos. Esse garoto é um liame com essa parte da minha família, é indelével. Me deixo estar diante do meu computador. Me dá vontade de chorar, de fumar, de tomar cerveja, de dormir, de ver TV, de vomitar, de cagar e andar pra tudo, de ligar pro Augustin, de mandar um torpedo pro meu pai. Essa criança vai pertencer a uma tribo na qual não me sinto bem-vindo. Eles já devem estar todos lá. Pego outro cigarro. Eles devem estar comentando o fato de eu não estar lá. Com certeza não comentam nada, mas todos notaram. Uma vida nova.

O cinismo voltará. Vou me fazer de morto. Vão me esculhambar dizendo que sou um insensível. No entanto, são 19h29 e eu estou chorando. À minha revelia, uno as mãos. Eu rezo tanto por essa alma nova quanto por mim mesmo.

É a primeira vez que eu quero acreditar em Deus.

O vazio. Como se uma placa de vidro tivesse se instalado entre mim e o mundo. Minha mãe já viajou. Pro Marrocos, talvez. É domingo. Ligo pro Augustin. Ele não atende. Azar. Tenho vontade de sair. Resolvo comprar cigarros. Não há registros de chamadas no meu celular. Estou tão sozinho no meu quarto quanto na rua. Entro num café com tabacaria.

"Deseja o quê, meu jovem?"

Não, minha senhora, eu não desejo nada. Ou melhor, sim, desejaria bastante voltar atrás, recomeçar.

"Um maço de Rothman azul."

Meus tênis All Star se arrastam pela calçada. No reflexo de uma vitrine vejo um colegial do tipo mais comum. Talvez ele já não sonhe mais com fugas. Ele não vai ter mais festas pra ir. Vontade de ir até uma estação de trem, na área de embarque. Desço pro metrô e tenho a impressão de que as pessoas não me veem. Como se, suavemente, eu me confundisse com a estação, com o vagão, com as entranhas da cidade. Preciso sair daqui. Lá fora faz menos calor. Chego à estação ferroviária de Lyon. Vejo as pessoas partindo. Um mendigo se aproxima de mim. Decido ir embora. Vou para o jardim de Luxemburgo. Dia bonito. O sol se põe. Augustin ainda não me ligou de volta. Não gosto dos domingos ensolarados, eles são *piegas*. Uma bola aterrissa a meus pés. Não reajo. Três garotinhos se postam na minha frente. Eles esperam e eu continuo sem reação. Um deles diz algo baixinho. Suas palavras, seus olhares deslizam na minha direção. Gotas d'água sobre plumagem úmida.

"Sacha, depois deste ano... como dizer... *caótico*, a equipe pedagógica decidiu que valeria mais a pena você refazer o terceiro."

Não consigo afastar a palavra *caótico* do meu espírito. Associada a ela me veem à cabeça imagens violentas.

A senhora Loudeu prossegue: "E eu acho que uma mudança de ambiente seria bastante apropriada. Por isso, a escola prefere que você não se matricule aqui no ano que vem".

Minha mãe se põe a chorar. A senhora Loudeu não reage. O silêncio da sala de aula sem alunos. Eu não era esse menino. Eu não era do tipo que é expulso. Saímos da escola, minha mãe de óculos escuros. Não falamos nada a noite toda. Vou para o meu quarto e tiro uma miniatura de uísque do armário, depois outra. Estou pagando. As festas, os excessos. Estou pagando. Às dez horas, ligo pro Augustin. Nos encontramos na praça Saint-Sulpice. Estou caindo de bêbado. Não falo pra ele da minha expulsão. Continuo bebendo. Ele não parece preocupado em me ver tão bêbado. De todo jeito, ele não pretende mais se preocupar comigo. Nunca mais. No fim da noite, não me sinto melhor e vomito na fonte. Uma noitada perdida.

No dia seguinte, minha mãe me obriga a ir à escola. Sou olhado com piedade. Tenho a impressão de assistir ao meu enterro. Estou de ressaca. Durante o intervalo da tarde, vou ao banheiro.

Não tem ninguém lá. Tomo meio Lexomil. Mando um torpedo pro Augustin. Digo que estou mal, que tenho vontade de vê-lo, que ele sabe disso. É o meu melhor amigo. Ele responde: *Vejo vc 17:30 no Babylone Café*. Não me sinto de fato aliviado. Volto pra classe. Ouço alguém dizer a seu vizinho: "Porra, esse cara fede a álcool". O outro responde: "Normal, nas raras vezes em que ele aparece nas aulas, ou tá chapado ou tá bebum". Tento atrair o olhar de Flora, sentada alguns lugares à minha frente. Ela me olha. Acho que ela está me julgando.

Preciso sair. Levanto a mão e invento uma dor de cabeça pra sair da sala. Vago pela escola. Chego ao pátio reservado ao maternal. Aquilo não mudou muito desde minha passagem por ali. Algumas crianças brincam aqui, acolá. Sento na borda do tanque de areia. O tempo está muito agradável e eu me acalmo. O sossega-leão que eu tomei deve estar fazendo efeito. Não devo, sobretudo, começar a fazer nenhum balanço. Se eu me pusesse a refletir de verdade, seria obrigado a constatar que não sou mais que uma pálida cópia de mim mesmo. Uma velha foto polaroide anônima, cinzenta, cada vez menos divertida. Um garotinho se aproxima de mim me oferecendo uma pedrinha. Me esforço para sorrir, mas aceito. Ele me olha de um jeito inquieto. Fico chateado e mando ele chispar. Ele se afasta recuando para trás.

Fecho os olhos e tento pensar na minha infância. Vejo uma luz específica de uma noite de junho, um sorvete de chocolate que derrete, um trajeto de carro no qual pego no sono no banco de trás. Abro os olhos. Por que algumas coisas me marcaram mais que outras? Espero que no fim da minha vida todos esses pedaços de existência se juntem e que nesse momento tudo assuma um novo sentido. Uma menininha brinca de boneca. Ela arranca as roupas da boneca e bate sua cabeça no chão. Daí ela pega a boneca nos braços para se desculpar. Cada vez que a cara da boneca bate no chão, recuo. Sou uma Barbie suja, de cabelos ásperos, olhos vazios, voz de taquara rachada. Me vejo um ano atrás. O mês de junho foi mais agradável. Não quero mais saber de nada. Dar um jeito de não estar mais em condições de refletir. Dormir, ou pelo menos tentar.

Espero no Babylone Café. Estou de óculos. Fumo um cigarro. Entendo que o Augustin não virá. Ele se desculpa pelo celular. Ele diz que quer me ver, que de qualquer maneira ele irá à minha casa hoje à noite, e que eu não me arrependerei de tê-lo esperado. Pergunto: "Você tá loucão?".

"Por quê?"

"Porque você sempre tem vontade de trepar quando está louco, e sempre fala com essa voz quando tem vontade de trepar."

Ele tira sarro. Ouço um barulho do outro lado. Um barulho de ventosa. Pergunto: "Você tá com quem?".

Sem resposta. Augustin está beijando alguém lá do outro lado. Ele quer que eu escute.

Dez horas. Ele ainda não apareceu. Ele não atende o celular. Eu espero e não é a impaciência que me anima, é um desejo surdo. Algo de irrevogável, tão evidente, tão claro. Ele virá, ele me disse. Ele pode demorar à vontade, essa noite eu tenho a vida à minha frente. Ele pode beijar quem quiser. Ele pode foder todas que ele quiser. Os minutos se acumulam ao ritmo de sua voz grave na caixa postal. Essa voz dele ao celular agora há pouco era a voz de um mentiroso. De um drogadinho. Fumo um cigarro depois do outro porque quero ter um aceso quando ele chegar. Ele acenderá outro também. Ele vai se desculpar, talvez. Faço umas poses. 0h34. Mais um, e daí eu subo. Juro. Depois desse cigarro, vou desligar o celular e vou dormir. O aparelho toca. Ele está lá embaixo. Abro pra ele, bronqueando: "Merda, quem você acha que é? Você acha que pode me deixar plantado aqui e aparecer na minha casa à uma da manhã?".

Ele responde com muita calma: "Desculpa. Quer que eu dê o fora?".

Vai, Sacha, um pouco de coragem, diz pra ele ir se foder.

"Não, agora que você tá aí..."

Ele entra na minha sala dizendo:

"Além do quê, tenho uma surpresa pra você."

Ele puxa um papelote de pó. Ele se senta à mesa, me pede um copo d'água olhando fixo pro papelote. Sento na frente dele. Meia hora depois, a luz da lâmpada halógena começa a me aporrinhar pra valer. Augustin parece um morto. Diante dele repousa um prato. Um prato branco com uma borda verde. A luz halógena reflete nele feito um sol diluído. Ele esticou umas linhas de pó em cima. Três carreirinhas bem retas, como três lagartas das neves. Será que isso existe? Ele mira a porta atrás de mim, como se esperasse a entrada de alguém. Seu celular repousa sobre sua coxa esquerda. Ele passa a mão nos cabelos. Ele digita um número, depois outro, e como ninguém parece atender, ele pousa o aparelho na coxa e suspira. Em que momento ele começou a se encher tanto o saco de mim? Em que momento eu assumi que não ia dizer mais nada? É indecente aceitar esse silêncio. Dois estrangeiros se miram na vermelhidão de seus olhos. Ele segura a cabeça entre as mãos, daí deixa que ela caia na mesa e acaba cafungando uma linha. Ele me diz numa voz tão fraca que é quase desagradável: "Tá a fim?". Aceito. Ele me passa uma nota de cinquenta já em forma de cilindro. Aproximo o rosto do prato. Vejo meu reflexo, quer dizer, uma espécie de reflexo. Tortuoso, embaçado, como uma sombra chinesa monstruosa. Afasto o nariz. Dou a nota pro Augustin. Ele me pergunta se eu tenho certeza de que quero. Faço que não com a cabeça. Sei que daqui a alguns minutos nós vamos subir pro meu quarto, que vamos ejacular, e que ele irá embora. Sei que nesse momento vou querer dormir. Não existe outro refúgio. É por isso que faço não com a cabeça. Ele levanta e vai à cozinha jogar água na cara. Escuto a água escorrendo, daí ele abre uma garrafa, e um outro líquido escorre pro copo. Ele volta pra sala. Sua cara está toda molhada. Parecem lágrimas. Ele levanta de novo. A coca deve estar fazendo seu efeito. Ele anda de lá pra cá por alguns minutos, daí vai ao banheiro. Escuto ele escarrar na privada. Sei o que ele está se dizendo. Ele acha que deve se mandar daqui, ele se diz que está sufocando. De minha parte, sinto um bodum de álcool que me sobe às baforadas, lembrando-me de que eu bebi demais ontem à noite. Ele volta. Estou a ponto de dizer que ele pode ir, se quiser. Não tenho coragem. O celular dele vibra, é sinistro. Ele atende. Escuto uma voz de garota. Ele desliga. "Vou nessa." Ele cheira as últimas linhas. Ele ergue a cabeça para me pedir um Lexomil ou um Stilnox, porque ele não contava cheirar tanto pó e "a rebordosa tá pintando ser pesada". Vou pegar pra ele. A caixa que roubei da minha mãe está quase vazia. Dou um comprimido pra ele. Ele levanta, me faz um sinal com a mão e passa pela porta. Na minha agenda, tem uma página com as conjugações. Para cada grupo, há um verbo. Os verbos escolhidos são: Ser Ter Amar Terminar Ver Partir. É incrível.

Tenho momentos de ausência durante os quais me sinto caindo. Me torno invisível. O tempo e os outros avançam sem mim. Ouço-me viver. Ouço meu coração, minha respiração, sinto meus músculos e cada articulação, como se, logo mais, essas coisas já não fossem mais ser minhas. Apoio uma tesoura contra o meu pulso. Nada. Mais forte. Pronto, começou. Sinto-me viver, agora que o sangue escorre ao longo do meu braço.

Sinto-me inútil. Igual a sete milhões de outros homens cujo sangue escorreria se eles se cortassem. De repente, me dá medo e eu corro atrás de papel higiênico. Não sou capaz de olhar meu sangue escorrendo por mais que alguns segundos. Não sabia que podia ser tão adolescente a esse ponto.

E, no entanto, você não parece se dar conta de todos esses cortes nos meus braços. Eles estão aí por isso mesmo. Eu sufoco. Ninguém reage. É esse o problema, quando a gente berra em silêncio. Gostaria que esses pedaços de pele fatiados, que esses litros de álcool ingeridos, que toda essa maconha transformada em fumaça falassem por mim. Não vá se afastar sob o pretexto de que me viu sorrindo. Não temo nada além de uma coisa: meu reflexo. Há espelhos demais para que eu viva em paz. Porém, sinto a necessidade de me olhar, de me espiar, de me espionar. Espreito o menor gesto meu, e meus julgamentos são duros. Não consigo sair de mim. Quanto mais me olho, mais fico doente. Muitos clones inertes me encaram. Ao desaparecer, levarei comigo todos os meus múltiplos. Não vai sobrar mais nada e eu poderei dormir.

E volta o verão com todas as suas promessas. Balanço do ano: uma repetência, três centímetros a mais, Augustin, uma garrafa de vodca escondida na minha escrivaninha.

Amanhã, parto em um cruzeiro com minha mãe. O tempo está bom em Paris. Estou angustiado. Não gosto do desconhecido e tenho medo do escuro. Preciso acabar de fazer a mala e, daí, tenho que dormir e acordar para, enfim, partir... Gostaria que essa frase acobertasse algo de poético, mas não deu certo. Queria saber escrever.

O avião vai decolar. Tenho que desligar meu celular. Minha tela de fundo é uma foto que o Augustin tirou na EuroDisney. Dois pares de All Star esmagando bitucas de cigarro. Tudo isso me parece distante. Minha tela escurece e os All Star desaparecem. Resolvo ouvir um disco dos Talking Heads. Tenho vergonha de me achar *cool*. Minha mãe diz que ela ouvia o mesmo disco há vinte anos a caminho de Nova York. Os Talking Heads cantam "We're on the road to nowhere" e eu cochilo um pouco.

* * *

O barco é mixuruca. Não, na verdade ele é muito, muito grande, e ao mesmo tempo muito estreito, muito branco. As pessoas zarpam sabendo que voltarão. Viajantes sem destino, munidos de certezas, eis tudo. Caio doente durante a travessia. Durante uma semana, tudo que vejo é a minha cabine. O capitão leva passageiros com ele, os exploradores estão mortos. A mulher da bolsa Louis Vuitton toma um bloody mary no bar, esquecida de que está flutuando. É inútil, e os barcos não estão mais bêbados. Ela, sim.*

Voltei a Paris só por dois dias e não encontrei ninguém. O tempo estava bom e eu comprei um jeans e maconha.

Acordo de repente. Não quero ver as horas porque sei que já é muito tarde. Não é mais um mau pressentimento. Sinto que algo se rompe sorrateiramente no meu espírito. É como um copo que a gente vê caindo de uma mesa e compreende que não pode fazer mais nada. É demorado e doloroso esperar pelo barulho do vidro que se espatifa no chão. Minhas alegrias, meus risos são puxados por fios, como num cenário mambembe. Tomei o partido do sonho. Meus fantasmas começam a queimar alumiando todas as coisas que eu escondo de mim mesmo depois de muito tempo. Estou na beira de um precipício, sinto que ele está lá, pertinho. Um passo além, talvez um passo a mais, e eu voo aos pedaços. É impossível dormir de novo. Vou procurar um Stilnox no banheiro. Não reconheço mais meu

* *Barcos bêbados* é uma referência ao famoso poema de Arthur Rimbaud (1854-91), "Le bateau ivre". (N. T.)

reflexo no espelho. Como um louco que às vezes volta à lucidez e fica com medo de si mesmo. Vou dormir de novo, no fim das contas, graças a um monte de soníferos e a uma quantidade ainda maior de ilusões.

No trem, me vejo ao lado de uns espanhóis obesos. Eles formam todo um grupo a falar espanhol, muito seguros de si mesmos. Eles me irritam. O trem chega na estação de La Baule. Os espanhóis reclamam de mim porque passo na frente deles. Eles me insultam. Tô cagando. Escolhi o italiano como segunda língua na escola. Augustin me espera na plataforma. Ele está de camiseta. Ele escreveu *Provider* nela. Ele parece contente de me ver, ele me aperta em seus braços. *Não são as aparências exteriores que contam, mas as aparências interiores.*

"Minha mãe tá lá fora. Fez boa viagem?"

"Não."

Descrevo os espanhóis pra ele. Augustin se diverte muito com isso, pois vê os caras chegando todos juntos.

Saímos da estação. A mãe dele nos espera. Ela se parece com o filho. Ridiculamente juvenil. Ela me dá beijinhos. Sempre a achei simpática.

O carro é conversível, mas chove, então fechamos o teto. Brigitte nos conta como escalava o muro da casa dela para encontrar seus "paqueras" quando ela era jovem. Isso me deprime. Tenho certeza de que todas as noites ela olha pela janela esperando em segredo que alguém venha buscá-la de *scooter* e a leve a um baile.

A casa é grande e bonita. É uma dessas velhas mansões burguesas da cidade com tecidos pintados por todo lado. Odores de areia, de gel para banho e de madeiras velhas. No térreo, há uma cozinha pequenina e uma sala imensa com uma grande mesa e sofás que devem ter sessenta anos. Nas paredes, há quadros com paisagens marinhas.

Augustin me mostra o nosso quarto.

"Vamos dividir o mesmo quarto, você se importa?"

Ele me dá um sorrisinho. *As aparências interiores.*

"De jeito nenhum." *Interiores.*

Vou me instalando, enquanto Augustin toma banho. Acho que ele me espera. Não estou certo. Prefiro fazer a cama.

Desço a escada. O barulho da ducha se distancia. Sinto-me melhor.

O jantar acaba.

"Vão sair essa noite, rapazes?", nos pergunta Brigitte.

Augustin responde:

"Não, tô um bagaço."

Ele se vira pra mim: "Não te incomoda ficar aqui?".

Digo que não. Subimos pro quarto. Ele tenta me bater uma punheta. Digo a ele que estou morto de cansaço. Ele não parece decepcionado. Vou fumar um Marlboro light na janela e o observo dormindo. Ele dá uma virada brutal e fica de costas. Está nu. Ele se espreguiça em pleno sono. Ele está mais musculoso que antes. Ele me despreza, e isso não é mais apenas uma fase. Ele ronca, o que me serve de desculpa pra ir dormir no quarto ao lado.

Acordo cedo. Desço. Brigitte fuma um cigarro na cozinha.

"Dormiu bem?", ela pergunta ao me ver chegar.

"Dormi, e você?"

Ela levanta para jogar o conteúdo do cinzeiro. Ela vai abrir uma janela. Ela cheira bem. Um perfume ligeiro, bem estival. Ela põe água para ferver e me diz:

"Vi que você não dormiu no quarto do Augustin."

Respondo, rindo: "Ele roncava demais!".

Ela ri um pouco, mas aquilo soa falso. Ela está nervosa. Sinto que ela quer algo de mim. Não sei o que dizer, e durante um tempo ela me olha nos olhos, daí, de repente, ela muda de assunto, como que fugindo de seus pensamentos.

"Vocês vão fazer o quê, hoje?"

Respondo que a gente pretende ir à praia.

"À praia", ela repete, de um jeito ausente.

"É."

Na praia, Augustin fuma um Benson. Ele veste uma bermuda e uma camisa polo brancas. Não tem sol, então a gente resolve ir a um café. O Tropical. Ele pede uma cerveja e eu um diábolo de menta. Procuro assuntos pra puxar conversa.

"Entrou areia no meu tênis."

Ele tira o calçado e eu olho suas canelas dizendo-me que um dia não as verei mais, talvez. Uma bela canção, cujo nome esqueci, soa suave no café, e na hora em que vou perguntar ao Augustin como ela se chama, me dou conta de que ele não gosta da música. Eu tinha feito ele escutar "Angel", do Elliot Smith. Ele me disse simplesmente que a introdução era "muito comprida". Música é apenas *útil* pra ele. Serve para beijar numa boate, para correr, às vezes para dormir. Chove um pouco lá fora. Só umas gotas tímidas, vagas. Uma noite, ele disse pra mim que só gostava de fumar no inverno, quando faz frio. Ele tem sempre um cigarro na mão, agora.

"Você fuma bastante, né?"

"Menos que você."

Tenho uma furiosa vontade de pedir qualquer coisa para me embriagar, mas não faço isso. Passa um jogo de futebol na televisão. Um jogo entre times que ninguém conhece. Augustin olha para o aparelho. Pergunto pra ele quem está jogando. "Sochaux contra Bordeaux." Me enganei, os times são conhecidos. Um cara grita: "Mas que porra, não chuta com a canhota! Que time de viados, Bertrand! Eles têm que se ligar que estão ferrados. Eles não têm mais o que fazer na primeira liga!". Saímos do café.

Chove pra valer agora. A gente não corre, lado a lado, fatalistas, deixando as gotas baterem contra a cara. A praia está sombria. Aqui, na tempestade, quando a espuma sobe atacando a falésia, pode-se dizer que a terra luta para combater o oceano. Aqui, a costa luta de verdade, parece que ela ataca; ela não se defende. É um enfrentamento sem descanso. Depois de cada ataque, uma trégua, por breves segundos, daí vem um novo choque. Por fim, o mar se retira, apaziguado, deixando para trás a rocha úmida, luzidia, lanhada. O oceano sempre sai vitorioso. No entanto, eu observo a rocha seccionada e vejo nela uma arrogância. É como se a falésia possuísse dois braços estendidos, além de um punho erguido para o céu. É a custo de pequenas perdas sucessivas que a rocha se desgasta. É preciso tempo para isso. Eis o porquê de ela manter seu orgulho.

À noite, volto a dormir no quarto ao lado.

Como quando você se fazia zeloso.

Como quando eu te fazia voar nas plumas, entre as dunas, pela porta entreaberta, eu te vejo sonhar com os embates que nos ferem.

Augustin assiste ao canal de compras. *Inalcançável*. Ele resguarda seus mistérios. *Zonas de sombra*. É o tipo de cara que poderia mandar tudo às favas. Ele vive consigo mesmo servindo-se do mundo. Nos meus olhos ele não vê nada além de seus próprios sentimentos ao infinito. Nada deve obstruir sua busca constante de evasão. Nada deve devolver-lhe seus próprios medos. Todos os que o cercam têm de ser confiantes, felizes e belos.

"Quer ir ao cinema?" O apresentador enaltece os méritos de um creme antirrugas com gordura de tubarão.

"Não sei. O que tá passando aqui?", eu digo, perguntando-me quem compraria esse tipo de creme.

"Nada demais." Durante alguns segundos, ele não diz mais nada, daí se vira para mim e sorri. Não me sinto à vontade. Esse sorriso não faz sentido porque ele é sincero. Sincero como um adeus. Decidimos ir ver *Homem-Aranha 2*.

Enveredamos por uma trilha através da floresta para chegar ao cinema. Augustin finge que estamos cortando caminho. Não falamos muito. Faço uns esforços, no entanto. Como de costume, ele responde lateralmente às perguntas, sabendo muito bem disso, como sempre. Esse joguinho insuportável. Esse ar babaca de quem tá na dele. Digo: "Às vezes eu me pergunto como você consegue ser tão...".

Não consigo definir o que estou querendo dizer. Me calo, e é como se ele não esperasse eu completar a frase. A trilha está coberta de espinhos de pinheiro. Ele mira o chão, cata uma pinha, daí a lança longe à sua frente. O sol se filtra através dos galhos.

"Como você consegue ser tão... distante..."

Ele acende um cigarro e sinto que ele focaliza toda a sua atenção nessa ação. Ele faz muito isso.

"Não tô distante... tô aqui. Não tô em lugar nenhum", ele responde, visivelmente irritado.

Tenho vontade de lhe dizer que é esse o problema dele: ele não está em lugar nenhum. Ele olhava as estrelas e eu o supunha capaz de ver mais além. Tem alguma coisa na própria vida que o incomoda. Ele foge da vida vivendo no extremo, longe dos outros onde quer que ele esteja.

Eu digo: "É esse o problema, cara, você não está em lugar nenhum".

Augustin consegue pôr o corpo no piloto automático, pular de festa em festa permanecendo sempre sozinho, falando sem pensar, rindo sem emoção, chorando a pedidos, ficando de pau duro sem desejo. Os sentimentos do Augustin têm uma função, que é a de servi-lo. O amor é a necessidade de reconhecimento, a tristeza, a ausência de projeto a curto prazo, a cólera, uma defesa contra si mesmo. Ele joga fora o cigarro. Vejo a pinha de agora há pouco e não entendo por que isso me deixa triste.

Ele diz: "Tem vezes que eu não entendo o que você quer dizer...".

Um carro passa em algum lugar da floresta. Tenho a impressão de que o Augustin não sabe para onde estamos indo. Ele está perdido, andamos em círculos. Sempre se tem essa impressão ao vê-lo andar. É o imobilismo em ação.

"É porque você é..."

Vontade de lhe dizer: "vazio", mas algo me impede, como se essa palavra pudesse provocar nele uma reação por demais violenta. Prossigo: "Enfim... você não quer nada, não faz nada, deixa o tempo passar".

Tenho vontade de perguntar se ele tem objetivos na vida. Se ele é capaz de enxergar daqui a cinco, oito, dez anos. Ele não é sequer capaz de enxergar daqui a um ou dois minutos. Ele não faz nenhum esforço. Ele se esconde atrás dessa preguiça.

"Sabe, tem horas que você devia parar de querer entender as coisas. Você devia tentar viver as coisas em vez de entendê-las."

Bingo. Resolvo me calar. Saímos da floresta. Augustin não parece minimamente afetado pela nossa conversa. Ele parece até alegre. Ele diz: "Você é mesmo um cara engraçado".

À noite, no jantar, Brigitte fala bastante. Augustin não lhe dá ouvidos, e eu só finjo que dou. Há umas velas em cima da mesa. Pego uma e assopro. Ela parece se apagar, mas logo voltar a luzir. Talvez eu não queira apagar essa vela. Seria preciso dar um assoprão forte e rápido. Essa ideia me contraria. Espero que o meu sopro, longo e muito suave, faça a vela apagar. Espero pela decepção.

Augustin comprou maconha e dois ectasys por cinquenta euros. Acho que o cara passou a perna nele. Ele parece irritado.

Abro os olhos e não consigo saber se já dormi. Tenho a estranha impressão de que a minha tristeza flutua sobre mim como uma nuvem que só eu posso observar. É a primeira vez na vida que me concentro nos batimentos do meu coração. Nossos corações são nossos relógios. Somos casas que envelhecem ao ritmo do nosso pulso. Escuto os ruídos da noite. O mar em algum canto, num vaivém regular. Não é um ruído melodioso. Não se trata do oceano.

Confundo os roncos do Augustin com o barulho do mar. Levanto. Como uma sombra que plana muito perto do chão. Saio do quarto. Estou diante da porta dele, obcecado pelo ruído que meus pés poderiam fazer no assoalho que range. Não posso entrar. O cachorro late na casa e eu me sinto como um ladrão pego em flagrante. Volto pra cama. Ele não ronca mais. Tudo é silêncio agora.

À noite. Ele se manda na bicicleta, muito rápido. Mal consigo segui-lo. Ele faz as curvas feito um louco. Tento pedalar, emparelhando com ele, mas, cada vez que o alcanço, ele dá um jeito de acelerar. Pergunto-lhe aonde nós vamos. Ele articula pouco, ele não formula frases inteiras. Entendo que ele está voltando para ver o traficante.

Pedimos emprestada uma escadinha para chegar à praia. Vista de cima, ela é sombria, semeada de pequenas fogueiras. Parece cenário de faroeste. Augustin caminha num passo decidido. Uma vez na vida ele sabe aonde vai. Chegamos a poucos metros de uma fogueira. Jovens fumando e bebendo. Em volta deles, há garrafas, dezenas de garrafas espalhadas como corpos mortos e transparentes. "Simpático", eu digo, com ironia. Augustin me responde:

"Escuta, você não é obrigado a vir. Não vou demorar."

Ele está muito chapado ou muito bêbado, embora eu não

me lembre de tê-lo visto beber, fumar ou engolir o que fosse durante a noite. A alguns passos dos jovens, me detenho. Augustin continua. Um cara levanta e começa a falar com ele, enquanto os outros me apontam com o dedo. Me sinto mal. O mar se confunde com o céu. Não há horizonte. Volto pro Augustin e o vejo caído no chão. Ele levanta e berra: "Porra, você vai devolver minha grana, filho da puta!".

O cara tira um sarro e lhe dá uma porrada na cabeça. É estranho, o corpo do Augustin parece muito pesado e eu sinto que ele tem dificuldade em reagir. Ele tenta dar um murro. Ele erra e toma um na barriga. Já deu. Agarro Augustin pela cintura e o imobilizo.

Uma garota manda: "E aí, precisa do amiguinho pra brigar?".

Uma outra emenda: "Aê, cai fora, esquece a grana. Qualquer coisa, vocês podem pedir pro papai e pra mamãe mais cem pilas, né?".

Tento acalmar Augustin estreitando-o bem forte. Ele se debate. Ele me acerta uma direita. Minha cabeça balança, como em câmera lenta. A cara dele, o mar, daí a praia. Não sei por quê, mas penso no fato de que não há lua nessa noite e que eu ficaria mais tranquilo se houvesse.

"Você tá doido", eu grito alguns segundos depois.

Ele me pega pelos ombros e me sacode.

"Eu te avisei pra não vir. Não vou pra casa!"

Ele se volta e aponta o dedo pro cara dizendo que ainda não acabou com ele. Ele se volta pra mim. Me pega pelos ombros, me empurra até a murada que separa a areia da cidade.

Eu digo: "Vamos pra casa. Que se foda, são só cinquenta euros! Augustin, por favor!".

Cada traço de seu rosto me é, a partir de agora, hostil. Sua boca é mentirosa. Seu nariz é vigarista. Seu olhar indiferente. Eu não teria nenhum impacto sobre ele. Ele está distante de mim, perdido no centro de uma batalha que ele inventou. Ele vai com certeza perder, eu já perdi. Ele me diz, com seu braço tremendo: "Não! Vai você!". Me desespero e boto a mão no ombro dele. Ele me empurra contra a murada.

"Não me enche o saco, Sacha, você me dá vergonha! Se manda! Não quero mais te ver."

Nessa noite ele é imenso. Parece um homem. Não se deve ficar numa praia que perdeu seu horizonte. Eu devia lhe dizer que ele vai se dar mal, que ele não tem nenhuma chance. Ele já sabe disso. Sem dizer palavra, subo a escadinha e o vejo voltar à fogueira.

Montado na bicicleta, durante alguns segundos esqueço onde estou. *Blur*. As casas, a pista, as reverberações, o barulho dos pneus a rodar são minhas únicas certezas. Além de tudo, Sacha, já faz um ano que você não sabe mais quem você é. Não lembro mais qual é minha cor preferida. Um carro avança. Quase me pega. Buzina. Eu passei a casa. A garota que dirige me insulta. Chego à cozinha sem me dar conta disso. Agora é esperar. Tudo calmo por aqui. Nesta noite, não reconheci Augustin, e neste ano eu não me reconheci. Sem ele, eu não teria mais nada. Sem ele.

Um garotinho corre na borda de uma piscina. Ele pula n'água, depois sai. Ele vai deitar na grama. Ele sente como que uma raiva, uma inveja. Ele dorme. Ele acorda muito tarde numa casa à beira-mar.

Chave sendo introduzida numa fechadura. Ele aparece na cozinha feito um espectro, feito uma luz que você não esperava mais. Um olho fechado, uma face violácea, sangue no canto do lábio. Você levanta. Os dois, cara a cara, ninguém diz nada. Os olhos dele, injetados de sangue. Ele dá pena quando vai se sentar com dificuldade. Ele acende um cigarro. Você acaba dizendo, porque é preciso dizer alguma coisa: "Você é mesmo um babaca". Ele dá uma tragada e responde: "Não é o momento". Você continua, ignorando a resposta: "Não entendo, o que você precisa provar?". Ele pega na sua mão com força e responde de novo que não é o momento. Irritado, quase ressentido, você devolve, gozador: "Qualé, vai brigar comigo agora?". Sem olhar pra você, ele responde: "Vai dormir".

"Tô de saco cheio de você", é o que você diz, furioso por constatar o quanto ele despreza você. Ele olha para você com uma cara de demente e se põe a gritar: "Ah, tá de saco cheio de mim! Eis a primeira boa notícia da semana. Agora que você tá de saco cheio de mim, você vai conseguir me largar. Vai poder, afinal, se mandar da minha vida". Você não sabe por quê, mas isso não te afeta. "Isso é tão baixo", você responde, e ele continua com aquela agressividade da qual você sempre soube que ele era capaz, sem imaginar ser vítima dela: "Quer saber a verdade? Eu não queria te convidar pra vir aqui! Foi minha mãe quem insistiu para te agradecer por ter me convidado pra ir à Tunísia. Achei que você teria desconfiado disso. Já faz semanas que eu te despisto, que eu te evito, e você, você sempre se intrometendo."

Aí, você começa a se sentir mal. A coisa vem do seu baixo-ventre e sobe até a sua cabeça antes de ir verrumar seus ouvidos. Você sente que não conseguiria articular uma frase longa, então, num sopro, você diz: "Por que você fez isso comigo", e isso não é uma pergunta. Nunca mais vai ser. Ele levanta, tira sarro, então continua: "Taí a cena dos seus sonhos! A sua cena de ruptura! Porra, Sacha, acorda, a gente não é um casal! Eu não te amo, tá? Não acho mais divertido, você ficou pesadão. Sacou?". Alguns segundos, e você fica surdo. Você precisa se concentrar na sua respiração e os seus batimentos de cílios se tornam cada vez mais longos, até que, por fim, você fecha os olhos.

Você não responde mais nada. *O ponto onde tudo desaparece*. Ele está lá, você pode, enfim, defini-lo. Você é incapaz de responder o que quer que seja. Você recua. *O ponto onde tudo desaparece*. Você se vira. *Onde tudo desaparece*. Você sobe a escada que parece não ter fim e, afinal, você entra no quarto. *Desaparece*.

Você senta numa cadeira na qual não tinha ainda reparado. Durante alguns minutos você não pensa mais. Mais nada. Você olha o céu. Você espera as estrelas, como quem espera por alguém. O armário de madeira está aberto e cospe suas roupas como fios de baba pela boca sombria. Nessa noite você se sente mal, você vai se lembrar disso. Você olha pela janela, você vê o jardim que não está iluminado, você se sente distante. Você tem vontade ou necessidade de fazer alguma coisa, mas não consegue, e seus olhos não querem desgrudar desse arbusto baixinho todo negro no meio do gramado que parece aspirar a noite. Você compreende que essa noite é única porque você conta os minutos que restam. Você pensa de novo numa viagem de carro feita com sua mãe durante a qual você adormecera. Você tinha sonhado com a natureza, com a luz, e quando seus olhos se abriram, você teve medo pois passava por um túnel e tudo era alaranjado e negro. Você entrou em pânico, e, para se acalmar, resolveu esperar pela saída. Lá fora já era noite. Sua mãe lhe dissera: "É normal, você dormiu durante muito tempo e não se deu conta". E você pensa nisso pela primeira vez nessa noite. *Alaranjado e negro*. Essas duas palavras ficam no seu espírito por muito tempo. Lá no fundo do seu cérebro, faz um barulho como que de um acidente. Forte e muito rápido. Mas, afinal de contas, Sacha, as lembranças são neutras, elas não têm cheiro, gosto, nem vida. É você quem lhes atribui tudo isso. Um encontro, um choque. Não, o encontro e o choque. Você pensa nisso unicamente para continuar à espera. No seu espírito, isso está claro, não haverá um depois. Como se o próprio fato de o Augustin estar na sua vida fosse um absurdo. Ele mente para si mesmo, talvez. Ele deve ter medo, como você. Você acha que ele está desorientado. Parecido. Tudo parecido. Você começa a acreditar que ele tem tanto medo que escondeu tudo, enterrou tudo nas brumas estratificadas de um confronto, de um olhar, do último olhar verdadeiro dele para você. Você gostaria de agir, e mesmo que esteja tudo ferrado, você quer acreditar e lutar. Contra quem? Cupido não porta mais um arco e sim um fuzil diante dos seus olhos. Augustin é como areia que você quer guardar em suas mãos. É impossível guardar areia por muito tempo nas mãos. Você se agarra ao que pode, tentando reconstruir um quebra-cabeças, e você chega a esta conclusão terrível, fatal: ele está de saco cheio, é isso, e é nulo e é vazio e injusto, mas é isso.

Você se afasta cada vez mais das coisas. Você começa a entender que é isso aí, você definiu, enfim, o ponto onde tudo desaparece. Você o encontrou, ele não mete mais medo em você. Você verifica que a porta está fechada a chave. Tudo te escapa agora. A cama, o abajur, o ar que você respira com dificuldade. Você começa a se desmaterializar pouco a pouco, tomando seu lugar em uma história que não mais lhe pertence e, por fim, você compreende: essa história nunca lhe pertenceu. Você pega ao mesmo tempo uma esferográfica de quatro cores que você nunca tinha visto e uma folha de papel em branco que apareceu na sua escrivaninha. Tranquilo, sem tremer, você começa a escrever e o ruído da esferográfica sobre a folha te alivia. Um nome está agora escrito no alto, à esquerda da folha branca.

Você vai chamá-lo: *Augustin*.

O verão terminará sem Sacha. Ele não vai dizer o que se passou depois daquela noite, depois daquele ano.

É duro imaginar o caminho que resta a percorrer quando se perdeu a única pessoa que permitia a você tudo afrontar. Outros acompanharão Sacha em seu caminho, mas ninguém mais o fará crer que ele vai dar em algum lugar. Tornar-se adulto é admitir que a fuga é impossível, que as histórias são curtas, sem importância, mas que elas deixam marcas, por razões que nos escapam. Tornar-se adulto é admitir que não existe outro lugar.

Tornar-se adulto é admitir que a gente vai morrer, não é?

Antes que você abandone Sacha Winter no meio dessa praia que só existe no instante em que você lê estas linhas, preciso adverti-lo. Saiba que o que ele lhe contou é provavelmente falso, pois a verdade sempre o amedrontou. É mais fácil para ele romanciar uma realidade medíocre. Sacha vê um mar de cor esmaecida, uma praia de areia bege, o vento e nenhuma ilusão. Nuvens compridas, pousadas sobre o cinza que gostaria de virar azul, perto de um mar que gostaria, ele também, de parecer mais exótico. Sacha sabe ficar cego, esquecido, por um tempo apenas, porque ele fantasia, porque é só isso que ele sabe fazer. Ele fecha os olhos e é assim que começa a sua fuga pelas galáxias que inventa. Muitas vezes, quando a noite cai, ele confunde as estrelas com as luminárias.

Sacha não passa de um sonhador, sua gata se chama Quimera, e isso também é mentira.

ESTA OBRA FOI COMPOSTA PELA SPRESS EM ELECTRA E IMPRESSA EM OFSETE
PELA GEOGRÁFICA SOBRE PAPEL PÓLEN BOLD DA SUZANO PAPEL E CELULOSE
PARA A EDITORA SCHWARCZ EM MARÇO DE 2011